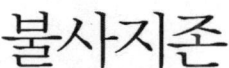

불사지존

녹룡 新무협 판타지 소설

FANTASTIC ORIENTAL HEROES

1

불사지존 1

녹룡 新무협 판타지 소설

초판 1쇄 찍은 날 § 2013년 11월 20일
초판 1쇄 펴낸 날 § 2013년 11월 27일

지은이 § 녹룡
펴낸이 § 서경석

편집부장 § 권태완
편집책임 § 박은정

펴낸곳 § 도서출판 청어람
등록번호 § 제1081-1-89호
등록일자 § 1999. 5. 31
어람번호 § 제2-2425호

주소 § 경기도 부천시 원미구 심곡2동 163-2 서경B/D 3F (우) 420-822
전화 § 032-656-4452팩스 § 032-656-4453
http://www.chungeoram.com
E-mail § chungeorambook@daum.net

ISBN 978-89-251-3569-4 04810
ISBN 978-89-251-3568-7 (세트)

불사지존

녹룡 新무협 판타지 소설

FANTASTIC ORIENTAL HEROES

1

도서출판 청어람

불사지존

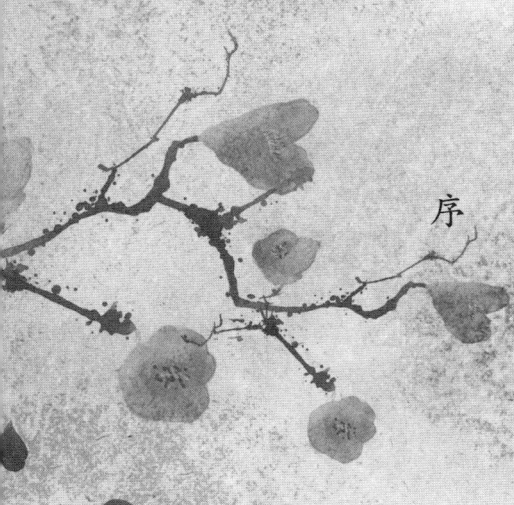

序

당신의 눈은 무엇을 보는가,
나의 눈은 죽음을 본다.

1장

개안(開眼) 1

햇살이 쨍쨍했다.

지면에선 열기가 아지랑이처럼 피어올랐고, 끈적끈적한
바람이 몸을 휘감았다.

걷는 것만으로도 열 가마에 빠진 것처럼 불쾌한 날이다.

새파란 녹음과 더위가 함께 무르익는 가운데 스무 명의
인물이 산을 오르고 있었다.

호남을 대표하는 중소 방파 신풍문(新風門)의 인물들이
다.

일행의 선두에 선 것은 한 소년과 우람한 체구의 하인

이다.

"이야, 신난다! 물놀이는 진짜 오랜만이야!"

한 소년이 밝은 목소리로 외쳤다.

소년의 눈썹은 반달처럼 곱게 휘었으며 피부는 옥처럼 맑았다.

무엇보다도 호수를 담은 듯한 맑은 눈동자가 매력적이었다.

소년의 이름은 청월.

올해로 여덟 살을 맞이한 신풍문의 셋째아들이다.

"그렇게 신나십니까?"

하인 덕구가 이를 드러내며 웃었다.

"응, 빨리 물에 들어가고 싶어. 가져온 수박도 먹고."

"걱정 마세요. 계곡엔 오늘 하루 종일 있을 거니까요."

"정말? 신난다, 신나!"

청월이 웃으며 양팔을 하늘로 치켜들었다. 그가 기분이 좋을 때면 종종 보이는 행동이다. 덕구는 이를 지켜보며 흐뭇한 미소를 지었다.

청월의 순수한 마음이 가슴에 와 닿았기 때문이다.

그러고 보면 자신은 물놀이를 즐거워하던 때가 언제였던가.

"덕구야, 물소리가 들려."

청월이 귀를 쫑긋 세웠다.

멀리서 쏴아아 하는 시원한 물소리가 들린다.

이를 듣는 것만으로도 벌써 마음이 쿵쾅쿵쾅했다.

그는 하인들의 만류에도 불구하고 열심히 달리고 또 달렸다.

계곡의 풍경이 한눈에 담기니 온몸이 짜릿했다.

"이야호!"

풍덩!

청월은 앞뒤 가리지 않고 물에 뛰어들었다.

"공자님, 곧바로 들어가시면 위험해요."

"괜찮아. 봐봐."

청월이 환하게 웃으며 물장구를 쳤다.

그는 혼자서 이곳저곳을 돌아다니다가 하인들에게 물을 뿌려댔다.

그들이 어쩔 줄 몰라 하는 것을 보니 기분이 최고로 좋았다.

"받아라, 받아!"

"공자님, 이러다가 다 젖겠습니다."

"응, 그러라고 하는 거야."

청월의 얼굴에 함지박만 한 미소가 어렸다. 그는 물장난을 멈추지 않았다.

신나는 물놀이를 즐긴 지도 무려 반 시진이 지났다.

쉬기 위해 계곡을 나오니 얼음처럼 차가운 수박이 속살을 내보이고 있다. 그 빨간 속을 보고 있자니 저절로 침이 고였다.

"나 먹어도 돼?"

"제가 잘라 드릴게요."

덕구는 청월이 먹기 좋도록 수박을 조각냈다.

청월은 이를 빼앗듯이 들고 허겁지겁 베어 물었다.

물놀이를 끝내고 먹기 때문일까, 그 맛이 꿀보다도 달콤했다.

"헤헤, 맛있다."

"더 드세요."

"안 돼. 더 먹으면 배 터질 것 같아."

청월이 한숨을 쉬며 배를 쓰다듬었다.

홀쭉했던 배는 어느새 올챙이처럼 볼록 튀어나왔다. 이래서는 더 이상 물놀이를 하지 못할 것 같았다.

"그래도 다 방법이 있지."

청월의 입가에 장난스런 미소가 걸렸다.

그는 이제 수박을 놀잇감으로 삼기 시작했다.

먹고 남은 씨로 장난을 건 것이다.

씨를 뱉거나 던지고, 얼굴에 점처럼 붙여서 다른 사람을 놀리곤 했다.

"공자님, 정말 기분이 좋으신 것 같군요."

"응, 책 보는 거 너무 지겨웠어."

청월은 쌓인 과제를 생각하며 고개를 절레절레 저었다. 그러고 보니 오늘 휴식을 끝내고 나면 한동안 책에 파묻혀 살아야 한다.

돌아갈 생각을 하니 벌써부터 그의 작은 어깨가 무거워졌다.

'하긴 그러실 만도 하지. 공자님이 기재라고 해도 교육이 과한 건 사실이야.'

덕구는 작게 고개를 끄덕였다.

청월은 흔히 말하는 기재(機才) 중의 기재였다.

그는 세 살 때 글을 모두 깨우치고 소학(小學)을 읽기 시작했다. 현재는 역사서와 더불어 법전과 경전을 공부하고 있다.

또래의 수준을 한참이나 초월해 버린 것이다.

그뿐만이 아니다.

청월은 운동신경이 좋아서 일찍 걸음마를 뗐고 대여섯 살 터울이 나는 형들과 어울렸다.

"공자님은 분명 신풍문의 기둥이 되실 겁니다."

"싹은 어렸을 때부터 타고나는 법이죠."

"공자님을 보면 신풍문의 밝은 미래를 보는 것 같습니다."

주변에선 청월에게 거는 기대가 컸다.

그라면 중소 문파인 신풍문을 구파 수준까지 끌어올릴 재목이 될 거라고 말이다.

'아무도 모르고 있어. 사람들의 기대와 희망이 공자님을 짓누르고 있다는걸.'

덕구는 자신도 모르게 한숨을 내쉬었다.

청월을 곁에서 모시는 만큼 청월의 아픔은 곧 그의 아픔과 같았다.

그의 처진 어깨를 보면 그도 하루 종일 우울했다.

"어라, 공자님이 어딜 가셨지?"

생각에 잠긴 사이 그만 청월을 놓치고 말았다.

덕구는 순간 등골이 오싹해졌다.

혹시라도 청월이 잘못된다면 분명 끔찍한 일이 벌어지고 말 것이다.

황급하게 주변을 살피는 덕구.

그는 계곡 깊숙한 곳으로 향하는 청월을 발견했다. 덕구는 놀라 소리쳤다.

"공자님! 빨리 나오세요! 거긴 발이 닿지 않아요!"

"그치만 여기 반짝반짝 빛나는 물고기가 있단 말이야."

청월은 덕구를 힐끔 쳐다본 뒤 뒷걸음을 계속했다.

물이 턱 끝까지 차올랐지만 여기서 멈출 수는 없었다. 이제 조금만 손을 뻗으면 은빛으로 빛나는 물고기를 잡을 수 있었다.

꼭 물고기를 붙잡아서 형들에게 자랑하리라.

"어, 어라?"

청월은 그만 돌을 헛디디고 말았다. 순간 몸이 기우뚱하며 물속에 머리가 잠겼다.

숨을 쉬기 위해 벌렸던 입으로는 사정없이 물이 들이닥쳤다.

너무 깊은 곳으로 들어온 것일까.

발버둥을 쳐도 땅이 발에 닿지 않았다. 손을 저어도 몸을 지탱할 만한 것이 주변에 없었다.

'싫어. 숨 막혀.'

청월은 미친 듯이 몸부림치기 시작했다.

가슴이 돌처럼 딱딱해졌으며 목에선 알 수 없는 것이 부풀어 오르기 시작했다. 숨을 쉬지 못하니 금세 몸에서 힘이 빠져나갔다.

찰나의 순간이 영겁처럼 흘러갔다.

머릿속이 백지처럼 하얗게 비었다.

어느 샌가 숨을 쉬고 싶다는 생각도 들지 않게 되었다.

청월은 어둠에 감싸였다.

어둠.

실낱같은 빛도 스며들지 않는 완벽한 어둠.

어둠은 따뜻했다.

빛보다도 따뜻한 어둠이 있을 수 있는 걸까.

낮에는 따뜻하고, 밤에는 추운 게 이치에 맞는데. 청월은 문득 그러한 생각도 들었다.

이윽고 어둠이 눈으로 밀려들기 시작했다.

그것은 누군가 밀어 넣기라도 한 듯이 꾸역꾸역 왼쪽 눈을 파고들었다. 눈꺼풀을 아무리 힘껏 감아도 이를 막을 수는 없었다.

청월이 할 수 일은 그저 발버둥치는 것뿐이었다.

"공자님! 공자님!"

덕구의 다급한 외침이 들려왔다. 하지만 청월은 그대로 정신을 잃고 말았다.

*　　　*　　　*

더웠다.

몸에서 땀이 났다.

바닥에선 뜨거운 열기가 올라왔으며 몸에는 두꺼운 이불

이 둘러졌다.

이대로 있다간 잘 익은 통구이가 될 것 같다.

"으으으."

청월은 신음을 뱉으며 이불을 밀쳐냈다. 살며시 눈을 떠 보니 익숙한 공간이 펼쳐졌다. 그가 누운 곳은 다름 아닌 그의 방이었다.

창가에 붙은 작은 책상과 그 위로 수북하게 쌓인 경전. 그 옆으로는 용무늬가 그려진 옷장이 떡하니 버티고 있다.

"…어, 할머니?"

청월은 부스스한 눈으로 눈앞의 여인을 응시했다.

그녀는 희끗희끗한 머리에 단정한 분위기를 풍기는 여인 이었다.

"아이고, 우리 강아지, 이제 정신을 차렸구나."

곽서화는 청월을 품에 꼭 끌어안았다.

막내손자가 정신을 차린 것이 그저 기쁘기만 했다. 조금 만 늦게 깨어났다면 그녀의 가슴은 숯덩이처럼 까맣게 타 버렸으리라.

"할머니, 저 숨 막혀요."

"이 할미가 얼마나 걱정했는데. 사내대장부니까 그 정도 는 참아."

곽서화는 한동안 청월을 안고 있었다.

그녀의 눈가는 어느새 이슬이 맺혀 촉촉해졌다.

방금 다녀간 의원이 곧 정신을 차릴 거라고는 했다. 하지만 깨어나지 않은 손자를 보고 마음을 놓을 순 없었다.

"어디 아픈 데는 없고?"

"네. 안 아파요.

"근데 할머니가 웬일이세요?"

"조금 있으면 우리 강아지 생일이니까 얼굴도 볼 겸 조금 일찍 왔지."

"헤헤, 할머니 최고."

청월은 배시시 웃으며 곽서화의 품에 안겼다. 그녀에게서 풍기는 특유의 향이 마음을 포근하게 했다. 그는 한참 동안 어리광을 부리다가 운을 뗐다.

"할머니, 나 재미있는 이야기 들려줘요."

"에이, 은석이. 깨어나자마자 한다는 소리가 그거더냐?"

"집에는 할머니만큼 재미있게 이야기해 주는 사람이 없어요. 그리고……."

청월은 입술을 뾰족 내밀고 책상에 쌓인 책을 가리켰다.

"하루 종일 저거만 보고 있으면 머리 아파요. 할머니, 제발요."

"그래, 알았다. 이 할미가 오늘은 인심 팍팍 쓰마."

곽서화의 얼굴에 꽃 같은 미소가 피었다.

사실은 그녀도 사랑하는 손자를 위해 많은 민담을 외워 왔다.

이 순간을 기다린 것은 비단 청월뿐만이 아닌 셈이다.

"옛날 옛적 한 마을에 호랑이가 살았는데……."

곽서화가 이야기를 시작했다.

그녀의 이야기는 물이 흐르듯 자연스레 이어졌다. 어느 때는 시냇물처럼 잔잔했으며, 어느 때는 거센 파도처럼 격정적이었다.

청월은 어느새 그녀의 이야기에 흠뻑 빠졌다.

그렇게 일각이 지난 뒤,

'잠깐 졸았던 건가?'

그는 몽롱한 머리를 깨우며 눈을 떴다. 그런데 무언가가 이상했다.

친근하던 할머니가 할머니처럼 보이지 않았다. 그녀의 몸에 새까만 점이 무수하게 퍼져 있기 때문이다.

그 점들은 머리부터 발끝까지 감싸고 있는데 마치 금방이라도 그녀를 집어삼킬 것만 같았다.

"으아아아아아악!"

까만 점이 뿜어내는 음침한 기운에 청월은 비명을 질렀다. 청월이 경기를 일으키자 곽서화가 화들짝 놀랐다.

"깜짝이야. 우리 강아지, 악몽이라도 꿨니?"

"아니에요. 할머니 몸에 새까만 점들이……."

"무슨 소리냐? 할미 몸에 무슨 점이 있다고 그래?"

곽서화가 피식 웃으며 답했다.

그녀는 손자가 자다가 일어나서 헛것을 봤다고 생각했다.

물에 빠져 죽을 위기를 겪었으니 충분히 그럴 수 있었다.

"아니에요. 분명히 있어요."

청월은 다시 한 번 눈을 부릅뜨고 할머니를 응시했다.

분명 그녀의 몸에는 무수히 많은 까만 점이 존재했다. 어째서 그녀는 이렇게 명백한 것을 보지 못한단 말인가.

"할머니, 정말… 안 보이세요?"

"점이라면 요기 하나 있기는 하지. 아주 큰 걸로 말이야."

곽서화가 웃으며 어깨를 가리켰다.

왼쪽 어깨에는 새끼손톱만 한 커다란 점이 있다. 하지만 그것은 청월이 보고 있는 점이 아니었다. 그가 보는 점은 정확히 그녀의 몸 안에 있었다.

그 점들은 마치 살아 있는 것처럼 꿈틀거리며 그녀의 몸속에서 움직였다.

이를 계속 보고 있자니 머리가 이상하게 되어버릴 것 같왔다.

왜 이렇게 된 걸까.

왜 갑자기 보이지 않던 이상한 점들이 보이는 걸까.

청월의 머리로는 도저히 이해할 수 없었다.

"할머니, 할머니, 나 무서워요."

그는 다시 곽서화의 품에 안겼다.

두 눈은 어느새 꼬옥 감겨 있다. 이렇게 있으면 다행히도 그 까만 점들이 보이지 않았다.

"우리 강아지가 오늘 너무 놀란 모양이구나."

곽서화는 가만히 청월의 등을 토닥거렸다.

손자가 밝은 모습을 하고 있다지만 방금 전 간신히 죽을 고비를 넘겼다.

이상한 증상은 충분히 나타날 수 있었다.

"아무래도 조금 더 자야겠구나. 한숨 푹 자고 나면 그 이상한 점들도 보이지 않을 거야."

"정말 그럴까요?"

"암. 이 할미가 약속하마."

"네."

청월은 조용히 대답한 뒤 다시 할머니의 이야기에 빠져들었다.

까만 점들로 인한 두려움은 말 그대로 옛이야기가 되고

말았다.

"할머니, 어디 가면 안 돼요. 나 너무 무서워요.

꿈에 빠지기 직전 청월은 그렇게 중얼거렸다.

2장

개안(開眼) 2

　아침이 밝았다.

　어둠이 산자락 너머로 물러가고 황금빛 먼동이 떠올랐
다.

　어디선가 닭 우는 소리가 퍼졌으며, 정원에 핀 꽃송이에
는 맑은 이슬이 맺혔다.

　"으음, 더 잘 거야."

　청월은 얼굴을 찌푸리며 뒤척였다.

　두 손은 어느새 창틈으로 새는 햇살을 막고 있었다.

　일찍 자리에 눕기는 했지만 더위로 인해 제대로 잠을 자지 못했다.

옷을 벗고 창을 활짝 열어놓고 뒹굴다 눈을 붙인 것이 대략 축시(丑時) 즈음이다.

"공자님, 아침 드실 시간입니다."

덕구가 문을 두드리며 말했다.

그는 아침잠이 많은 청월을 위해 늘 기상 시간에 맞춰 방을 찾았다.

"지금이 몇 시야?"

"식사 한 식경 전입니다."

"알았어. 씻고 나갈게."

청월은 힘없이 대답한 뒤 욕실로 향했다.

잠이 부족해서 그런지 눈꺼풀을 치켜뜨는 것도 여간 고역이 아니다.

그는 부스스한 눈을 하고 세면을 시작했다.

매일하는 일인 만큼 자동적으로 몸이 움직였다.

"어, 어라?"

세면을 끝내고 거울을 응시한 청월.

그는 거울에 비친 자신을 보고 그만 엉덩방아를 찧었다.

단단한 돌바닥에 뼈가 부딪치니 그 아픔은 상상을 초월했다.

평소의 그라면 방방 뛰며 난리를 쳤을 상황이지만 오늘

만큼은 왠지 조용했다.

그의 얼굴에 피어난 표정은 고통 이외에 한 가지가 더 있었다.

그것은 바로 공포였다.

"무서워. 이거 또 보여."

청월은 엉덩이를 문지르며 거울을 응시했다.

웬일인지 어제의 그 까만 점들이 사라지지 않았다.

게다가 이번엔 할머니가 아닌 청월 자신의 몸에서 움직이고 있었다.

거울에 비친 몸의 점을 보게 된 것이다.

까만 점들은 저마다 생김새가 달랐다. 어떤 것은 길쭉하고 어떤 것은 짧았다.

어떤 것은 가만히 있었으며 어떤 것은 벌레처럼 꿈틀거렸다.

어떻게 보면 예전 냇가에서 본 개구리알과도 비슷한 모습이다.

다만 그것과 다른 점이라면 이를 보고 있으면 불길한 기분이 스멀스멀 닥친다는 점이다.

"무, 무서워. 덕구야! 덕구야!

청월은 힘껏 소리쳤다. 하지만 젖 먹던 힘까지 동원해 목청을 뽑아도 덕구는 감감무소식이다. 볼일이 있어서 자리를 비운 모양이다.

결국 그는 소리를 지르느라 탈진하고 말았다.

"할머니가 자고 나면 안 보인다고 했는데, 왜 그러지?"

청월의 얼굴에 근심이 한가득 어렸다. 여태껏 할머니의 말은 한 번도 틀린 적이 없었다. 그런데 오늘 처음으로 예외가 생겼다.

"또 움직이네, 저거."

청월은 거울을 힐끔한 뒤 재빨리 두 눈을 감았다. 까만 점을 끝까지 응시해 보려고 했지만 두려워 다시 감고 만 것이다.

초조한 가운데 시간은 흘렀고, 덕구 역시 돌아올 기미가 보이지 않았다.

"히잉. 이러면 아침에 늦을 텐데."

청월은 자신도 모르게 손톱을 깨물었다.

식사 시간을 맞추지 못하면 숙제가 배로 늘어날 것이다. 그러면 오늘 하루 종일 방에 갇혀 있어야 한다. 할머니의 이야기도 듣지 못할 것이다.

"어떻게든 해보자."

청월은 눈을 감은 채로 엉금엉금 바닥을 기었다. 손으로 바닥을 만지며 전진을 계속한 것이다. 다행히 얼마 뒤 손끝에 욕실의 턱이 만져졌다.

청월은 만면에 미소를 지으며 욕실을 벗어났다. 하지만 난관은 거기서 끝나지 않았다.

쿵!

앞을 보지 못해 벽에 이마를 찧은 것이다.

"아야야야!"

청월은 얼굴을 구기며 머리를 문질렀다.

넓은 이마는 어느새 불도장을 찍은 것처럼 붉게 달아올랐다.

아무래도 두 눈을 감고 이동하는 건 큰 문제가 있었다.

안채까지 걸어가는 데 반각이 걸렸다.

지금 같은 방식으론 하루가 걸려도 도착하지 못하리라.

"이제 어쩌지?"

청월은 벽에 기댄 채로 고민에 빠졌다.

난관에 부딪쳤다고는 하지만 여기서 포기할 수는 없었다.

고민에 고민을 거듭하던 청월.

그는 이내 눈을 한쪽씩 번갈아 떠보았다.

오른쪽 눈을 감고 왼쪽 눈을 뜨고, 또 그 반대로도 해보았다.

다행히 이 방법은 효과가 있었다. 왼쪽 눈을 감으니 신기하게도 까만 점들이 보이지 않았다.

"어! 이제 안 보인다!

청월은 두 손을 번쩍 치켜들고 몸을 일으켰다.

그를 두렵게 하던 까만 점은 그 어디에서도 보이지 않았다.

혹시나 해서 거울 앞에도 서보았지만 평소의 모습 그대로다.

"문제는 왼쪽 눈이었구나."

청월은 작게 고개를 끄덕였다.

그러고 보니 물에 빠졌을 때 왼쪽 눈에 무언가가 꾸역꾸역 들어차는 느낌이 들었다.

아마도 그때 물이나 이상한 물질이 눈에 들어간 게 틀림없었다.

"다시 한 번 해볼까?"

청월은 호기심에 왼쪽 눈꺼풀을 슬쩍 올려봤다.

눈동자가 온전한 모습을 드러내자 시야가 변했다. 주변의 풍경이 백지처럼 하얘졌으며 그 윤곽만이 간신히 형태를 유지했다.

거울 속에 비친 그의 몸에선 까만 점들이 재차 움직이기 시작했다.

"우와, 무서워."

청월은 바로 눈을 감았다.

역시 문제는 왼쪽 눈이었다. 아무래도 당분간은 오른쪽 눈만 뜨고 다녀야 할 듯했다. 상황을 정리한 그는 곧바로 안채로 향했다.

안채엔 이미 가족들이 자리해 있었다.

부모님은 상 중앙에 앉았으며 그 옆으로 청월의 두 형, 청호와 청풍이 앉았다.

'우이씨. 늦었다.'

청월은 자신도 모르게 울상을 지었다.

우선 부모님보다 늦었다는 것이 문제였고, 상 위로 갖가지 반찬이 차려진 것도 문제였다.

본래 식사 전에는 가족 간에 대화가 있었다.

시간을 맞추려고 용을 썼지만 결국 시간을 맞추지 못한 것이다.

'형도 너무해.'

청월은 둘째 형인 청풍을 보며 입술을 뾰족 내밀었다.

그는 청월을 보며 묘한 미소를 짓고 있었다.

실처럼 가는 눈빛은 마치 너 오늘 혼 좀 나봐라 하고 말하는 것 같았다. 청월이 어쩔 줄 몰라 하는 사이 곽서화가 나타났다.

그녀는 자연스럽게 청월의 어깨에 손을 얹었다.

"우리 강아지, 뭐하느냐? 어서 자리에 앉지 않고."

"네? 네."

"아침부터 할미 어깨 주무르느라 고생 많았다. 그러니까 밥은 배불리 먹도록 하려무나."

곽서화가 청월을 보며 눈을 찡긋했다.

청월이 늦은 줄 알고 없던 일을 지어낸 것이다.

할머니의 따뜻한 배려에 청월은 하마터면 눈물을 흘릴 뻔했다.

역시 누가 뭐래도 할머니가 최고였다.

"어머님, 정말입니까? 아침잠 많은 저 녀석이 어머님의 어깨를 주물렀다고요?"

문주인 청문일이 의심쩍어 물었다.

청월은 다른 아이들과 달리 늦잠을 자느라 종종 아침에 늦었다. 전혀 뜻밖의 이야기를 들은 것이다.

"그럼 내가 너한테 거짓말이라도 한다는 말이냐?"

"아, 아닙니다. 그러실 리가 없지요."

"청월이를 칭찬해도 모자랄 상황에 오히려 의심을 하다니, 내가 너를 잘못 키웠구나."

곽서화의 표정이 얼음처럼 차가워졌다.

독이 서린 어머니의 표정에 청문일은 더 이상 말을 할 수가 없었다.

그는 머쓱한 표정으로 청월을 칭찬했다.

호남 최고의 중소 방파인 신풍문의 문주 청문일, 그도 곽서화 앞에선 그저 철없는 아이에 불과했다.

"그럼 식사를 하시죠."

청문일의 말과 동시에 식사가 시작되었다.

기다란 상에는 언제나와 같이 반찬이 온 상을 차지하고 있다.

청월은 고기가 듬뿍 들어 있는 국을 한 수저 뜨고 좋아하는 전에 손을 댔다.

할머니로 인해 지각을 했음에도 혼나지 않았다.

덕분에 아침 밥맛은 그 어느 때보다도 좋았다.

식사가 거의 끝나갈 무렵 백서현이 입을 열었다. 그녀의 시선은 청월에게 고정되어 있다.

"청월아, 몸은 좀 괜찮니?"

"네, 아픈 데는 없어요."

"그거 다행이구나."

백서현의 얼굴에 작은 미소가 피어올랐다.

어제 청월이 익사할 뻔한 소식을 들었을 땐 가슴이 철렁 내려앉았다. 막내아들이 허무하게 세상을 떠날까 노심초사한 것이다.

다행히 청월은 금세 정신을 차렸고, 시어른과 함께 즐거운 시간을 보냈다.

"그런데… 그 눈은 왜 그러고 있는 거니?"

백서현은 청월을 자세히 살핀 뒤 고개를 갸웃했다. 그가 한쪽 눈을 질끈 감고 있었기 때문이다. 전에는 이런 적이 없기에 의문이 생긴 것이다.

"네? 별거 아니에요."

"별거 아니긴, 문제가 없다면 눈을 떠봐."

백서현의 추궁에 청월은 꿀 먹은 벙어리가 되었다.

눈을 뜨면 어떤 일이 벌어질지 잘 알고 있다.

또 그 끔찍한 까만 점들이 벌레처럼 꿈틀거리리라.

자리에 모인 가족이 많으니 점의 숫자도 전보다 훨씬 많을 것이다.

"내 말이 안 들리니? 눈을 찡그리고 있으면 못써. 빨리 눈을 뜨렴."

"어머니, 그냥 이러고 있으면 안 돼요?"

"자꾸 그러면 회초리 맞을 줄 알아."

백서현의 엄포에 청월은 고개를 푹 떨어뜨렸다. 이렇게 되면 더 이상 버틸 재간이 없다. 화를 낼 때의 어머니는 아버지보다 더 무서웠다.

청월은 조심스럽게 왼쪽 눈꺼풀을 들어 올렸다.

위이이이이잉.

묘한 소리가 귓가를 때렸다.

그가 보고 있던 세상이 금세 색을 잃었다. 모든 것이 도화지처럼 하얀빛을 띠며 가는 흑선으로 형태를 유지했다.

양쪽 눈의 초점이 맞으면서 예의 그 까만 점들이 나타났다.

흑점은 가족들의 몸에 모두 존재했다.

또한 각지각색의 형태로 벌레처럼 꿈틀거렸다.

수백 개가 넘는 점의 약동을 보고 있자니 정신이 아득해져 갔다.

'안 돼. 버텨야 해.'

청월은 입술을 깨물고 양손을 불끈 쥐었다.

참아보려 했다. 이 불길한 까만 점들을 보고 견디며 아무렇지도 않은 척하려 했다. 하지만 결심은 그리 오래가지 못했다.

"으아아아악!"

그는 결국 비명을 지르며 곽서화의 품에 안겼다.

역시 이 점들을 보고 아무렇지 않은 척할 수는 없었다. 까만 점들을 보고 있으면 불길한 기운이 스멀스멀 몸에 스며드는 듯했다.

"……."

그가 보인 뜻밖의 행동에 가족들의 얼굴이 사색이 되었다.

눈을 뜨라고 했더니 비명을 지를 줄 누가 상상이나 했을
까.

"청월아, 어제 눈을 다친 거니?"

백서현이 걱정스런 표정으로 물었다.

물에 빠졌을 때 무언가에 부딪쳤다면 이상이 생길 수도
있었다.

"아니요. 다친 데는 없어요."

어머니의 물음에 청월이 고개를 저었다.

눈이 아픈 것이 아니라 이상한 것이 보이는 것이 문제였
다.

"우리 강아지, 혹시 또 헛것이 보이는 게냐?"

"할머니, 헛것이 아니에요. 푹 자고 일어났는데 아직도
보여요."

청월의 얼굴은 어느새 울상이 되었다.

그가 두려움에 떨자 곽서화가 대신 나섰다.

그녀는 청월에게서 어제부터 새까만 점들이 보인다는 이
야기를 들었다.

"음, 갑자기 까만 점들이 보인다……."

"확실히 이상한 일이군요."

청문일과 백서현의 시선이 교차되었다.

두 사람의 얼굴은 먹구름이 낀 것처럼 어두웠다. 이런 중

상은 단 한 번도 들어본 적이 없다.

어디에 통증이 있거나 아픈 것도 아니고 그저 까만 점이 보인다니 말이다.

무거운 침묵이 이어지는 가운데 둘째 청풍이 입을 열었다.

"저는 청월이가 왜 그런 걸 보는지 알아요."

그는 팔짱을 낀 채로 자신만만한 표정을 지었다. 그의 말에 가족 모두의 시선이 청풍에게 몰렸다.

"네가 그걸 어떻게 알아?"

"형은 몰라도 난 알 수 있어."

맏형 청호의 말에도 청풍은 끄떡도 하지 않았다.

그는 청월을 보며 코웃음을 쳤다.

"너 공부 안 하려고 꾀병 부리는 거 다 알거든. 거짓말 그만해."

"아니야! 나 거짓말 안 했어!"

청월이 도리도리 고개를 저었다.

"웃기지 마. 할머니랑 같이 있고 싶어서 일부러 그러는 거잖아."

"아니라니까!"

"너 자꾸 이럴 거야? 나랑 형은 몰라도 부모님을 속이면 큰 벌을 받아."

청풍이 얼굴을 찌푸렸다.

막내 청월과 그는 다섯 살 터울이다.

어릴 적 청풍 역시 청월처럼 꾀병을 부린 적이 있었다. 물론 까만 점이 보인다는 핑계는 대지 않았다.

"그럼 지금 내 몸에도 까만 점이 있다는 거야? 말도 안 되는 소리 하지 마."

"눈을 뜨면 볼 수 있어. 아까 전에도 봤단 말이야."

"거짓말 그만하래두."

"거짓말 아니야!"

청월이 빽 소리를 질렀다.

그는 두려움을 잊고 감았던 눈을 떴다. 눈을 뜨는 순간 역시나 시선이 묘하게 뒤틀렸다. 까만 점들도 다시금 활보하기 시작했다.

"하나, 둘, 셋……."

청월은 검지로 청풍의 몸 이곳저곳을 가리켰다. 까만 점의 숫자를 세는 것이다.

그 기묘한 모습에 청문일과 백서현은 기겁을 하고 말았다.

목소리와 손짓이 마치 귀신에 홀린 것처럼 몽롱하다.

게다가 자세히 살피니 왼쪽 눈동자의 색도 이상했다. 오른 눈은 평소처럼 맑았지만 왼쪽 눈의 색이 잿빛으로 탁한 것이다.

"까만 점이 형한테는 팔십 개 정도 있어."

"나한테 점이 그렇게 많다고? 뻥치시네. 어디 점이 있는데?"

청풍는 어처구니가 없어서 옷섶을 열었다.

그의 열린 가슴엔 물론 아무것도 없었다.

"점은 바깥에 있는 게 아니야. 몸 안에 있어. 아무것도 모르면서."

청월은 입술을 뾰쪽 내밀며 왼쪽 눈을 감았다.

청월과 청풍은 한동안 불꽃 튀는 눈싸움을 했다.

"둘 다 그만하거라. 부모님과 할머님 앞에서 뭐하는 짓이냐."

조용히 있던 청호가 나섰다.

그는 두 동생을 향해 호랑이처럼 날카로운 눈빛을 쏘아보냈다.

군기반장의 기선 제압에 청풍과 청월은 금세 꼬리를 말았다.

"어떻게 할까요? 제 눈에는 청월이 장난을 치는 걸로는 보이지 않아요."

"내 생각도 그래."

백서현의 말에 청문일이 고개를 끄덕였다.

아이들의 거짓말이란 추궁하면 금방 들통 나는 게 태반이다.

허구를 현실로 만들고 거기에 옷을 입히는 능력이 부족하기 때문이다.

청월의 경우 머리가 좋으니 이를 충분히 할 수 있을지도 모른다.

다만 누굴 속이려고 이런 얼토당토않은 거짓을 꾸미진 않을 것이다.

"게다가 저 눈이 마음에 걸려. 왼쪽 눈동자가 조금 변한 것 같으니."

청문일이 혀를 차며 청월을 바라보았다.

막내아들은 왼쪽 눈을 감은 채 어머님 품에 안겨 있다.

"어머님 병환 때문에 의원이 오기로 했잖아요. 그분께 청월이도 진료를 받아보는 건 어떨까요?"

"그래, 당신 말대로 하지."

청문일이 작게 고개를 끄덕였다.

그는 식사를 끝내고 아들들을 각자 방으로 보냈다. 가족들이 물러나고 상이 치워지자 안채는 예전의 고요함을 되찾았다.

매애애애애애앰.

매미들이 울기 시작했다.

산자락을 넘은 태양도 뜨거운 열기로 지면을 달구어갔
다. 뜨거운 하루가 시작되는 것이다.

"아마도… 별일 아니겠지."

청문일은 하늘을 보며 맥없이 읊조렸다.

최근 들어 막내 청월에게 자꾸 좋지 않은 일이 생기고 있
었다.

어제는 물에 빠져 죽을 뻔하더니 오늘은 또 헛것이 눈에
보인다고 한다.

이런 일들이 문주인 그에게 좋게 보일 리 만무했다.

청월은 신풍문의 기상을 높이 세울 큰 기둥 중 하나였으
니까 말이다.

그는 다시 한 번 하늘을 응시한 뒤 집무실로 들어갔다.

문득 올 여름은 평소보다 긴 여름이 될 것 같다는 생각이
들었다.

3장

그 눈으로 보는 세상

  새아침이 밝았다.

  태양은 하늘 높은 줄 모르고 치솟았고 커다란 뭉게구름
이 두둥실 헤엄치고 다닌다.

  일과가 시작되면서 하인들의 모습이 분주해 보인다.

  그들이 가장 먼저 해야 하는 일은 문파의 안뜰을 청소하
는 것이다.

  쓱쓱쓱쓱쓱.

  빗질 소리가 경쾌하다.

  덕구는 능숙한 손놀림으로 나뭇잎을 쓸어 모았다.

청월은 턱을 괸 채 그 모습을 지켜보았다. 그의 왼쪽 눈은 여전히 굳게 닫혀 있다.

"하아……."

절로 한숨이 나온다.

아침에 있었던 일을 생각하니 그저 속이 상했다.

청월은 까만 점이 보이는 것이 무척 속상했다. 이를 보고 있으면 정상적인 생활을 할 수 없기 때문이다.

그런데 설상가상으로 둘째 형에겐 거짓말쟁이라는 소리까지 들었다.

괜찮으냐는 위로를 받고 싶었는데 오히려 꾀병으로 몰린 것이다.

당연히 기분이 언짢을 수밖에 없었다.

"칫, 형은 아무것도 모르면서."

청월은 홧김에 돌멩이를 걷어찼다. 돌은 담벼락에 부딪쳐 산산이 부서지고 말았다.

그도 좋아서 까만 점을 보는 게 아니지 않는가. 물에 빠진 뒤로는 보기 싫어도 볼 수밖에 없다. 눈을 감지 않으면 그 점들이 파도처럼 몰려들었다.

그 두려움을 세상 누가 알겠는가.

"형이 나처럼 됐으면 분명 바지에 오줌을 쌌을 거라고. 흥!"

청월은 볼을 부풀리며 마루에 앉았다.

그래도 오늘은 과제의 늪에서 벗어날 수 있었다.

그가 아픈 것을 알고 부모님이 휴식을 주었기 때문이다.

"아, 심심해."

청월은 턱을 괸 채 하늘을 바라보았다.

휴식은 분명 기쁜 일이지만 막상 시간이 남으니 할 일이 없었다.

오랫동안 책에 묻혀 지냈더니 무엇을 어떻게 하면 좋을지 난감했다.

그러고 보니 동네 아이들과 거리를 둔 지도 거의 일 년이 됐다.

개구쟁이 만청이와 어여쁜 설희는 잘 지내고 있을까?

"덕구야."

"네, 공자님."

덕구가 빗질을 멈추고 바람처럼 달려왔다.

"할머니는 뭐하셔? 식사하고 금방 오신다고 했는데."

"그게……."

덕구는 잠시 뜸을 들였다.

곽서화는 의원에게 진찰을 받고 있었다. 최근 심장에 이상이 생겨 자주 쓰러졌기 때문이다. 하지만 이를 곧이곧대로 말할 순 없었다.

"어르신들과 잠시 차를 마시는 것 같습니다."

"그래? 빨리 이야기가 듣고 싶은데."

청월은 아쉬운 듯 혀를 챘다.

이 지루한 시간을 달래줄 수 있는 건 할머니밖에 없을 것 같았다.

할머니의 구수한 옛이야기라면 반나절은 뚝딱 지나갈 것이다.

"덕구야, 너 혹시 진가의 결혼식이라는 이야기 알아?"

"혹시 그 동물들 나오는 거 말씀입니까?"

"맞아, 맞아. 어제 그걸 다 못 들었거든. 네가 들려주라."

청월의 눈이 반짝였다.

할머니가 오기 전까지는 덕구의 얘기를 듣는 것도 나쁘지 않을 듯했다.

반면 청월의 초롱초롱한 눈망울에 덕구는 곤란하다는 듯 머리를 긁적였다.

"알고 있기는 한데 제 입으로 들으면 재미없을 겁니다."

"할머님만큼은 못하겠지. 그래도 일단 들어볼게."

"그럼 처음부터 시작해 볼까요?"

"응."

청월이 명랑하게 답했다.

이윽고 덕구의 입담이 펼쳐졌다.

진가의 결혼식이란 이야기로 결혼 잔치를 앞둔 진가에서 가축 한 마리를 잡는 이야기였다.

동물들이 서로 죽지 않겠다고 발을 빼자 진가는 화나 가서 동물들을 모두 베겠다고 엄포를 놓는다.

이에 가축들은 긴급회의를 하게 된다.

그들은 진지한 대화를 통해 다른 동물이 아닌 자신이 더 진가에 필요함을 역설한다. 그래서 오히려 서로 죽겠다며 진가를 찾아간다.

거기에 감동한 진가는 아무 동물도 잡지 않게 된다는 이야기였다.

반각 정도의 시간이 흐른 뒤,

"……."

덕구를 보는 청월의 시선이 탐탁지 않아 보인다.

이야기가 너무나 밋밋해서 하품이 다 나올 정도였다.

글을 읽는 것처럼 딱딱한 말투에 손동작과 몸동작이 전혀 없었다.

거기에 결정적인 문제가 하나 더 있었다.

"소가 나오면 음메 하고 흉내를 내고 닭이 나오면 꼬끼오 하고 흉내를 내야지 동물들이 사람 같잖아!"

청월이 기어코 화를 터뜨렸다.

할머니는 동물들의 흉내를 내며 이야기를 이어갔다.

반면 덕구는 밋밋하게 사람이 말하는 것처럼 대화를 풀었다.

이래선 동물들의 대화가 아니라 평범한 사람의 말과 다를 바가 없었다.

"그래서… 제가… 안 하려고 했는데."

"그래도 이건 너무 심해. 이씨, 괜히 들었잖아."

청월은 어느새 덕구를 꾸짖고 있었다.

가슴 졸이고 있던 뒷이야기가 거품처럼 흩어지고 말았다. 이를 할머니에게 들었다면 분명 눈물과 콧물을 동시에 흘렸을 텐데.

덕구와 말씨름을 하고 있는 사이 한 무리의 사람이 다가왔다.

그들은 청문일과 백서현, 그리고 이 지역 최고의 의원인 만룡방이었다.

만룡방은 황궁에도 출입하며 그 손으로 수많은 사람의 목숨을 살렸다.

"수염 아저씨, 안녕하세요."

청월이 고개를 숙이며 인사했다.

만룡방은 정기적으로 신풍문을 들락거렸기에 종종 얼굴을 볼일이 있었다.

"오랜만입니다, 공자님."

만룡방이 인자하게 웃으며 수염을 쓰다듬었다.

그는 구름처럼 하얀 수염과 짙은 눈썹이 묘한 대조를 이루고 있었다.

지팡이만 손에 쥔다면 우화등선하여 하늘에 오를 것 같은 분위기를 풍겼다.

"못 본 사이에 키가 크신 것 같습니다."

"이만큼 컸어요. 많이 컸죠?"

청월이 배시시 웃으며 검지를 내밀었다. 키가 컸다는 이야기를 들으니 기분이 좋았다.

반면 만룡방은 능숙하게 대화를 풀면서 본론을 이끌어냈다.

"그나저나 공자님, 눈이 안 좋다고 하던데요."

"네, 자꾸 이상한 점이 보여요."

"그래서 눈을 감고 있는 건가요?"

"맞아요."

청월이 시무룩한 표정으로 답했다. 할 수만 있다면 이 까만 점들을 박박 지워내고 싶었다.

"그럼 제가 잠시 눈을 봐도 될까요?"

"눈을요? 그러면 또 까만 점들이 보일 텐데."

"잠깐이면 됩니다. 잠깐 정도는 참을 수 있겠죠? 공자님은 참을성이 많으니까요."

만룡방이 그윽한 시선으로 청월을 응시했다.

"해볼게요."

"역시 공자님입니다."

만룡방은 만족스런 미소를 지으며 청월을 눕혔다. 그리고 손가락으로 눈꺼풀을 살짝 들어 올렸다.

청월의 왼쪽 눈이 탁한 회색을 띠고 있다.

외상의 흔적은 없으며 눈곱이 끼거나 주변이 부은 것도 보이지 않았다. 눈을 싸고 있는 바깥 막 역시 별다른 손상이 없었다.

특별한 질환을 앓고 있는 건 아니라는 것이다.

"공자님, 손가락이 몇 개로 보이죠?"

"두 개요. 검지랑 엄지요."

"손가락이 휘어 보인다거나 갑자기 꺼지는 느낌이 있나요?"

만룡방이 손을 이리저리 움직여 보았다. 하지만 청월은 그런 것이 없다며 고개를 저었다.

"됐습니다. 잘 참으셨어요."

만룡방은 대견하다는 듯 그의 어깨를 두들겨 주었다. 한편 잠자코 지켜보던 백서현은 기어코 먼저 한마디 했다.

"아이의 눈이 왜 갑자기 저런 걸까요? 눈동자의 색도 조금 변한 것 같고, 까만 점들이 보인다고 하는데……."

"한 가지 확실하게 말씀드릴 수 있는 건…….."

만룡방이 뜸을 들인 뒤 말을 이었다.

"눈에 문제가 있는 건 아니라는 겁니다. 안구의 질환은 보통 외적인 충격이나 내적인 문제로 발생하는데 공자님은 두 경우에 모두 속하지 않습니다."

만룡방은 그렇게 말하고 청월의 머리를 살폈다.

머리카락을 뒤지며 샅샅이 살폈음에도 생채기 하나 보이지 않았다.

"간혹 머리를 다치면 헛것이 보이는 경우가 있습니다. 그런데 그것도 아닌 것 같습니다."

"그러면 대체 뭘 어떻게 해야 하는 겁니까?"

청문일이 답답하다는 듯 껴들었다.

설마 만룡방이 원인을 모르는 병이 있을 줄은 몰랐다. 그가 확신을 하지 못하니 괜히 화가 나고 심술이 났다.

"그저 지켜보는 수밖에요. 눈에 좋은 약제를 처방해 드릴 테니 꾸준히 먹여 보십시오. 그리고…….."

그는 품에서 한 가지 물건을 꺼냈다. 그것은 새까만 색의 안대였다. 만룡방은 말없이 청월의 눈에 안대를 둘렀다.

"눈을 찡그리는 것보단 훨씬 좋지요?"

"네. 이러니까 아무것도 안 보여요."

청월이 고개를 끄덕였다. 시야가 까맣게 차단되니 점 역시 보이지 않았다.

왜 이렇게 간단한 방법을 생각하지 못했을까.

"자세한 것은 돌아가서 좀 더 확인을 해봐야겠습니다. 찾으면 곧바로 알려드리지요."

만룡방이 씁쓸한 미소를 지으며 자리를 떠났다.

청문일과 백서현은 그의 뒷모습과 청월을 번갈아 응시했다.

왠지 징조가 좋지 않았다.

*　　　*　　　*

그날 오후.

청월은 터덜터덜 걸어 백호단(白虎團)으로 향했다.

백호단은 청룡단과 더불어 신풍문의 무공을 담당하는 기둥과 같다.

단원은 대략 사백여 명에 달했으며 단주는 절정의 실력을 지닌 고수였다.

그가 백호단으로 향하는 이유는 단순했다.

혼자 있으려니 심심했기 때문이다.

부모님은 문파의 일로 바빠서 함께할 시간이 없다. 믿었던 할머니는 피곤하다는 이유로 이야기를 미루었다.

설상가상으로 덕구까지 창고 정리를 해야 한다며 일찍
자리를 비웠다.

어쩔 수 없이 혼자가 되어버린 것이다.

물론 그와 함께할 인물이 딱 한 명 있긴 했다. 오늘 아침
무지무지 얄미운 짓을 한 사람 말이다.

"그래도 형아랑은 안 놀 거야."

청풍를 떠올리니 절로 입술이 뾰족 튀어나왔다.

자신을 거짓말쟁이로 몰아붙였으니 당분간은 말도 걸지
않을 셈이다.

자신도 매일 놀 궁리를 하면서 어찌 청월에게 그 죄를 덮
어씌운단 말인가.

이런저런 생각을 하다 보니 백호단이 코앞이다.

"하아아아아압!"

호랑이 울음 같은 우렁찬 목소리가 귓가를 때렸다.

방심하고 있던 청월은 하마터면 엉덩방아를 찧을 뻔했
다. 그러고 보니 지금은 무사들이 한참 수련에 매진할 시간
이었다.

백호단 공터에는 백여 명의 인원이 오와 열을 맞춰 새파
란 빛을 발하는 검을 들고 멋들어진 동작을 보이고 있었다.

휘이이이익!

검이 움직일 때마다 바람이 갈라졌다.

무사들의 몸놀림은 물처럼 부드럽고 유연했으며, 찌르기와 베기가 정교하게 엉켜서 아름다운 합(合)을 만들어냈다.

"우와, 멋있다!"

청월은 입을 쩌억 벌리고 감탄했다.

그도 일전에 검을 쥐어봤는데 잠시 들고 있는 것조차 힘겨웠다. 그런데 무사들은 이를 장난감처럼 가지고 놀고 있었다.

감탄하지 않으래야 않을 수 없는 광경이다.

청월은 어느새 넋을 잃은 채로 무사들의 검무에 빠져들었다.

본래의 목적도 잃어버린 채로 말이다.

"공자님, 안녕하십니까?"

한 사내가 뒤에서 말을 걸었다. 뒤를 돌아보니 인자한 미소를 짓고 있는 중년인이 서 있었다. 백호단주 용문상이다.

"백호단에서 뵙는 건 오랜만이군요."

"응, 생각해 보니 그러네."

청월은 손가락을 꼽아보았다.

가장 최근 백호단을 들른 것이 여섯 달 전이다. 그것도 맏형인 청호에게 알려줄 소식이 있어서였다.

신풍문의 자제들은 열 살이 넘은 후부터 무공을 연마했다. 사실 그전에는 특별히 백호단을 들를 이유가 없었다.

"형들은 무공 수련 중이야?"

"그럼요. 아주 열심히 노력하고 계시죠."

용문상이 잠시 뜸을 들인 뒤 말을 이었다.

"공자님도 조금 있으면 형님들과 함께 무공 수련을 하시겠군요."

"정말 그러네."

청월이 작게 고개를 끄덕였다.

올해 생일이 지나고 내년이 지나면 그도 본격적인 수련에 들어갈 것이다. 사실은 그날이 오지 않기를 바라고 있지만 말이다.

"내가 잘할 수 있을까? 저런 걸 어떻게 하루 종일 휘둘러?"

청월은 검지로 무사의 진검을 가리켰다.

그들은 무려 한 식경 가까이 쉬지 않고 수련 중에 있었다.

"그래서 연습을 하는 것 아니겠습니까? 공자님도 몸에 익으면 어렵지 않게 해내실 겁니다."

"그랬으면 좋겠다."

청월이 피식 웃으며 답했다. 잠시 침묵이 흐르는 가운데 용문상이 청월의 안대를 보고 먼저 운을 뗐다.

"눈은 다치신 겁니까?"

"조금 아파서. 그래도 지금은 괜찮아."

청월은 얼렁뚱땅 질문을 넘겼다. 까만 점에 대해 말하면 이야기가 또 길어질 것이다. 할 일도 있으니 이쯤에서 대화를 끝내는 게 좋으리라.

"형들은 비무장에 있지?"

"네. 두 분을 보러 오셨군요."

"맞아. 근데 살짝 보고 갈 거니까 왔다고 말하면 안 돼? 알았지?"

청월은 검지를 입에 갖다 대었다. 그의 방문을 비밀로 하자는 표시를 보낸 것이다. 청월의 귀여운 행동에 용문상은 그저 웃음 지었다.

"그럼요. 이건 공자님과 저만의 비밀입니다."

용문상 역시 입가에 검지를 갖다 대었다.

"응. 나중에 또 봐."

청월은 배시시 웃으며 걸음을 옮겼다. 하지만 그가 향한 곳은 비무장이 아닌 전혀 다른 방향이었다.

"헤헤, 아무도 없지?"

청월은 도둑고양이처럼 주변을 훑었다.

그가 멈춘 곳은 무사들의 휴식 공간인 청각정이었다. 그것도 청각정의 가장 깊숙한 공터 주변이다.

무사들은 한창 수련 중이었기에 인근엔 싸늘한 정적만이

흘렀다.

공터 주변의 수풀을 뒤지는 청월.

그가 나뭇가지를 헤치자 작은 땅굴이 나타났다. 이 땅굴
은 둘째 형과 함께 판 것으로 바깥에 놀러 가고 싶을 때 이
용하기 위함이다.

"오랜만에 애들이랑 놀아야지."

청월은 손바닥을 비비며 땅굴로 진입했다.

좁고 캄캄하고 당장에라도 쥐가 튀어나올 것 같았지만
이를 악물고 참았다.

하루 종일 심심하게 보내는 것보단 잠깐 무서운 것이 나
았다.

"후아, 끝났다."

청월은 땅을 짚고 몸을 일으켰다.

굴에 오랫동안 있어서 그런지 햇볕이 바늘처럼 콕콕 눈
을 쑤셨다. 그는 옷과 머리에 묻은 흙먼지를 턴 뒤 걷기 시
작했다.

아이들이 노는 곳은 한정되어 있다. 아마도 그곳에 가면
예전의 친구들을 볼 수 있으리라.

일각 정도 걸었을까.

청월은 도시 북부 폐가촌에 도착했다.

짚으로 만든 엉성한 담은 쥐들이 파먹은 자국이 역력했

으며 가옥들도 당장 허물어질 것처럼 위태로웠다.

한낮임에도 불구하고 인적은 드물었으며 거지 몇몇이 그늘에서 낮잠을 자고 있다.

주변을 살피며 걷던 그는 곧 아이들의 웃음소리를 포착했다.

"애들아, 나 왔어!"

청월은 팔을 흔들며 달렸다.

그의 시선은 어느새 저 멀리에 있는 돌담에 고정되었다.

그곳에선 한 무리의 아이가 담벼락에 붙어서 낙서를 하고 있었다.

낙서를 한다는 건 아직 본격적인 놀이가 시작되지 않았다는 뜻이다.

오늘은 오랜만에 친구들과 신나게 어울릴 수 있을 것 같았다.

"저거 누구지?"

"청월이 같은데? 되게 오랜만이다."

아이 몇몇이 청월을 알아보았다. 그들은 손에 쥐고 있던 숯을 내려놓고 그를 응시했다.

"애들아, 같이 놀자."

청월은 자신도 모르게 벙글벙글 웃었다. 또래의 친구들

과 노는 것은 무척 오랜만이다. 기분이 들뜰 수밖에 없었다.

"청월아, 안녕. 못 본 사이에 키가 엄청 컸네."

한 소녀가 그에게 다가왔다. 그녀는 또래 중에서 가장 예쁜 설희라는 아이다.

"이상해. 전에는 분명 나보다 작았는데."

"요새 많이 컸어."

"당연한 거 아니야? 청월이는 매일 맛있는 것만 먹잖아."

덩치 큰 소년 하나가 대화에 껴들었다.

패거리의 우두머리와 같은 역할을 하는 만청이다. 그는 청월의 등장을 그리 달가워하지 않는 기색이었다.

"우리와는 다르게 아버지가 커다란 문파의 주인이니까."

"맞아, 맞아. 청월이가 큰 건 당연해."

만청의 말에 다른 아이들이 맞장구를 쳤다. 청월은 무언가 분위기가 이상하게 돌아가는 것을 느꼈다.

"그런 말 하지 마. 우린 친구잖아. 오늘은 뭐하고 놀 거야?"

"오늘은… 너를 놀릴 거야."

만청이 만면에 미소를 띠고 말했다. 그리고 검지로 청월의 눈을 가리켰다.

"청월이는 애꾸래요. 애꾸라서 안대를 했대요."

"눈병이 나서 가까이 가면 옮는대요. 애들아, 떨어지자."

아이들은 히히거리며 청월과 거리를 벌였다.

그를 놀림거리로 삼기 시작한 것이다. 청월은 아무렇지 않게 행동하려 했으나 놀림이 계속되자 화가 났다.

"아니야. 난 애꾸 아니야. 눈병도 안 걸렸어."

"거짓말. 그럼 안대를 벗어봐."

"그건⋯⋯."

청월은 잠시 머뭇거렸다. 안대를 풀게 된다면 필시 또 까만 점들을 보게 될 것이다. 그것을 다시 보는 건 절대로 사양하고 싶다.

"하여간 애꾸 아니야. 빨리 같이 놀자."

"안 돼. 눈을 보여주기 전에는 같이 못 놀아."

만청이 팔짱을 낀 채로 말했다. 다른 아이들 역시 그의 말에 동조하는 분위기다.

고민하던 청월은 결국 안대를 벗었다.

다만 눈은 전처럼 질끈 감았다.

"애꾸는 아니고 눈병이 걸린 게 맞네. 계속 눈을 감고 있잖아."

"애들아, 청월이한테 눈병 옮겠다. 다른 데 가서 우리끼리 놀자."

"잠깐⋯⋯."

청월은 말을 다 잇지 못했다.

친구들이 그를 등지고 달리기 시작한 것이다. 못 본 사이에 뜀박질을 연습한 것일까. 그들은 빠른 걸음으로 청월을 따돌렸다.

"아니야. 잘 봐. 눈병 안 걸렸어."

청월은 친구들을 쫓으며 달렸다.

내키지는 않지만 왼쪽 눈을 뜬 채로 말이다.

이렇게라도 하지 않으면 오늘 하루는 완전히 날아갈 것 같았다. 친구들을 설득한 뒤 다시 안대를 쓰면 될 거라 판단한 것이다.

위이이이잉.

이명과 함께 시야가 변해갔다.

청월의 오른쪽 눈은 평소의 세상을, 왼쪽 눈은 까만 점이 존재하는 이상한 세상을 비추기 시작했다.

청월은 눈을 자세히 보라고 소리치며 힘껏 달려갔다. 그런데 도중에 매우 기묘한 현상을 알아차렸다.

'만청이의 몸이 이상해.'

청월의 시선이 먼 곳의 만청에게 고정되었다. 그 몸이 점차 어두워지고 있었다. 까만 점들이 비정상적인 속도로 증식하고 있는 것이다.

조금만 더 시간을 주면 까만 점이 만청을 집어삼킬 것 같왔다.

청월은 무언가가 벌어질 것 같은 불길함을 느꼈다.

"그만 멈춰!"

그는 전심전력을 다해 발을 놀렸다. 앞서 간 만청이를 따라잡기 위함이다.

그의 몸에 있는 까만 점은 시간이 지날수록 점점 불어나고 있었다.

왜인지는 모르지만 그를 멈추게 해야 한다는 생각이 들었다.

"청월이가 다 쫓아왔다."

"애들아, 저쪽 골목길로 돌아가자."

만청이 앞에 놓인 작은 샛길을 가리켰다.

이를 통하면 도시의 광장으로 향할 수 있었다. 그러면 청월도 더 이상 그들을 쫓지 못할 것이다.

반면 청월은 땀을 뻘뻘 흘리며 만청의 뒤를 쫓았다.

가슴은 금세라도 터질 것처럼 뛰었고 발바닥은 불이 붙은 것처럼 뜨거웠다. 그럼에도 뜀박질을 멈출 수는 없었다.

"이제 다 잡았어."

청월은 선두에 선 만청의 뒤에 바짝 붙었다. 이제 만청과의 거리는 두 걸음이 채 못 되었다. 손만 뻗으면 목덜미를 붙잡을 수도 있었다.

"잡았…….”

하지만 청월은 말을 다 마치지 못했다.

그의 손이 아슬아슬하게 만청을 비껴 나갔다.

마지막 호흡을 고르는 사이 거리가 조금 더 벌어진 것이다.

하지만 문제는 바로 그다음에 벌어졌다.

퍼어어어어억!

둔탁한 소리와 함께 아이들의 시선이 모두 허공으로 향했다. 그들의 눈이 고정된 곳에는 만청이 있었다.

만청이 마차에 치어 허공으로 붕 떠올랐다. 몸은 팽이처럼 빙그르르 돌았으며 지면에 떨어지는 순간 자욱한 흙먼지가 피어올랐다.

이내 먼지가 가라앉고 만청이 모습을 드러냈다.

목은 홱 돌아갔으며 입가에는 진득한 핏물이 고여 있다. 뭣 모르는 아이들이라도 상태가 심각함을 알 수 있었다.

히이이이이잉!

"꺄아아아아악!"

말의 울부짖음과 아이들의 비명이 한데 어우러졌다.

이윽고 마부가 허겁지겁 마차에서 내렸다. 그는 토끼눈을 하고 만청을 응시했다.

"애야, 애야! 괜찮니?"

마부는 필사적으로 만청의 볼을 두드렸다.

하필이면 표국으로 복귀하는 도중 아이를 치고 말았다. 갑자기 골목에서 튀어나왔기에 방향을 틀 수도 없었다.

그의 입장에선 어쩔 수 없는 불가항력이었다.

"무, 무서워."

아이들이 비명을 지르며 자리를 떴다.

끝까지 현장을 지킨 것은 오로지 청월뿐이었다.

그는 돌처럼 굳은 채로 만청을 응시했다. 안대를 벗었기에 왼쪽 눈도 활짝 열린 상태였다.

"…가득해."

청월이 힘겹게 한마디를 뱉었다. 그의 몸 역시 당장에라도 쓰러질 것처럼 휘청거렸다.

"만청이의 몸에 까만 점이… 가득해."

그 말을 끝으로 청월은 정신을 잃었다.

4장

운명

　머리가 지끈거렸다.

　마치 누군가가 바늘로 양 관자놀이를 콕콕 찌르는 것 같
았다.

　온몸은 물 먹은 솜처럼 무거웠으며 눈꺼풀을 드는 것조
차 힘겨웠다.

　"으으으으."

　청월은 신음을 흘리며 간신히 눈을 떴다.

　그가 누운 곳은 작은 침대였다. 창틈에선 어슴푸레한 석
양이 흘러들어 왔다. 그윽한 약초 냄새가 나는 걸 보니 의

원인 듯했다.

청월은 한동안 멍하니 천장을 응시했다. 머리가 묵직해서 아무런 생각도 할 수가 없었다.

시간이 얼마나 지났을까.

그는 문득 중요한 일을 떠올렸다. 그가 이곳에 있게 된 결정적인 계기를 말이다.

"맞다. 만청이."

정신이 번쩍 들었다.

동시에 마차에 치어 피를 흘리던 친구가 떠올랐다. 친구는 지금 어떻게 되었을까. 그는 방을 나와 주변을 두리번거리기 시작했다.

청월의 모습은 어느새 필사적이 되어 있었다.

층계를 내려오니 한곳에서 커다란 울음소리가 들려왔다.

오열하고 있는 이는 다름 아닌 만청의 어머니였다. 그녀는 남편의 품에 안겨서 서럽게 울고 있었다.

몸은 갈대처럼 떨렸으며 눈물은 영원히 마르지 않을 것만 같았다. 그 반대편에는 죽상을 한 마부가 서 있었다.

그는 죄스러움에 차마 고개를 들지 못했다.

청월은 조심스럽게 접근하다가 만청의 아버지와 눈이 마주쳤다.

"혹시 청월이니?"

"안녕하세요."

"여긴 어쩐 일이니?"

만복이 의외라는 듯 물었다. 신풍문의 공자를 설마 의원에서 보게 될 줄은 몰랐던 것이다.

"이 아이는 자제분이 마차에 치었을 때 함께 있었습니다."

마부가 껴들었다.

"…그랬구나."

만복은 깊게 한숨을 내쉬었다. 현장에 있었다고 하면 청월도 크게 놀랐을 것이다. 마차에 치인 아들의 몸은 심히 좋지 않았다.

"만청이가 죽었나요?"

"그렇단다."

만복의 대답에 청월은 번개를 맞은 것 같았다. 머리부터 발끝까지 찌르르 울렸으며 머릿속은 백지처럼 하얗게 변했다.

그 개구쟁이 만청이를 다시 볼 수 없다니 믿을 수가 없었다.

"아니에요. 그럴 리가 없어요."

청월은 만청 부부를 지나쳐 방으로 향했다.

침대에는 작은 인형(人形)이 놓였는데 그 위로 하얀 천이

덮여 있었다. 그는 심호흡을 한 뒤 천천히 천을 들췄다.

만청이는 얼굴이 납빛이 되어 누웠다.

두 손은 사뿐히 배꼽에 포개 얹고 눈도 감겼다. 언뜻 봐서는 죽은 것이 아니라 잠시 잠든 것 같았다. 청월은 가만히 그의 몸에 손을 댔다.

차가웠다.

피부는 얼음장 같았고 딱딱했다. 일전에 만졌던 땀이 많고 따뜻한 손이 아니었다.

"만청아, 일어나."

청월이 힘겹게 한마디를 뱉었다.

평소라면 귀를 후비며 못 들은 척이라도 할 텐데 지금의 만청은 그저 고요할 따름이다.

그는 최후의 보루인 왼쪽 눈을 사용했다.

이명과 함께 색을 잃어가는 세계.

청월의 눈에는 오로지 흑과 백뿐인 기묘한 세상이 모습을 드러냈다.

"⋯⋯."

아무런 말도 할 수 없었다. 아니, 어쩌면 압도당했다는 표현이 맞을지도 몰랐다.

만청의 목이 완벽하게 까만 점으로 뒤덮여 있었다. 눈을 씻고 보아도 손톱만큼의 빈틈조차 찾을 수 없었다. 흑점이 만청을 완전히 먹어버린 것이다.

어째서 계속 보이는 걸까?

청월은 혹시나 하고 기대했다.

의원이 진료를 하면 불길한 까만 점이 사라질지도 모른다고 말이다. 하지만 그의 기대는 산산조각 나고 말았다.

힘이 빠진 청월은 그대로 바닥에 주저앉았다.

몇 시간 전까지 함께 뛰어놀던 친구가 세상을 떠났다. 도무지 믿을 수 없는 일이 벌어졌다.

"흑흑흑흑흑."

만청의 어머니가 다시 울음을 터뜨리기 시작했다. 자식을 잃은 슬픔은 갈 곳이 없어 주변을 배회했고, 이것은 많은 이의 가슴을 아프게 했다.

"청월아."

만복이 그의 어깨에 손을 얹었다.

"그만 집에 가야지. 부모님이 걱정하시겠다."

"아저씨, 사실은요."

청월의 눈에 눈물이 그렁그렁 맺혔다. 그는 힘겹게 말을 이었다.

"만청이는 저 때문에 죽었어요. 저 때문에 마차에 치었어요."

"아니다. 네가 마음 아파할 필요 없어."

만복은 청월을 일으킨 뒤 다정하게 그의 등을 다독였다.

자세한 이야기는 다른 아이들과 마부를 통해 들었다. 아들의 죽음을 청월에게 떠넘긴다는 건 어불성설이다.

"지금은 만청이가 쉴 수 있는 시간을 주자꾸나."

만복은 만청에게 다시 흰 천을 덮어주었다.

청월은 고개를 끄덕인 뒤 의원을 나왔다.

시원한 바람이 머리를 간질였지만 가슴은 납덩이처럼 무거웠다.

친구의 죽음은 그에게 커다란 충격을 주었다.

"아파."

청월은 눈두덩을 만지면서 안대를 했다.

왼쪽 눈을 오래 사용했더니 통증이 파도처럼 밀려왔다.

그러고 보니 이 눈으로 본 만청의 몸에는 까만 점이 가득했다.

특히 마차에 치기 전에는 흑점이 눈덩이처럼 불어났었다.

"까만 점이 늘어나면 안 좋은 일이 생기는구나."

청월은 한숨을 쉬며 문파로 복귀했다.

*　　　*　　　*

다음 날.

청월은 거울을 보고 있었다.

거울은 그의 머리부터 발끝까지 보일 만큼 커다랬고 테두리에는 청동으로 호랑이 문양이 새겨져 있었다.

거울은 티끌 하나 없이 투명했으며 창가에서 새어 나오는 햇살을 눈부시게 반사했다.

청월의 시선은 거울에 고정되어 있었다.

얼굴은 그 어느 때보다 진중했으며 굳게 다문 입술은 무언가를 참고 있는 듯했다.

정확히 말하면 그는 거울이 아니라 거울에 비친 자신을 보고 있었다. 그것도 보호막과 같은 안대를 벗은 채로 말이다.

"대략 오육십 개 정도인가?"

청월은 검지로 거울의 이곳저곳을 찔렀다.

자신의 몸에 있는 까만 점을 세어본 것이다.

점들이 제멋대로 움직이는 통에 셈이 어려웠지만 이를 악물고 버텼다.

그 결과 점의 숫자를 완전히 파악할 수 있었다.

"후아."

청월은 허물어지듯 방바닥에 누웠다.

땀에 젖은 머리카락이 미역처럼 늘어졌으며 끈적끈적한

운명 77

땀이 등줄기를 적셨다.

까만 점을 계속 응시하는 것은 무척 힘들었다. 점들을 계속 보고 있으면 정신이 그곳으로 빨려들어 가는 듯한 기분이 들었다.

그래서 평소보다 바짝 깨어 있지 않으면 안 됐다.

어찌 보면 두꺼운 경전을 보는 것보다 까만 점을 보는 것이 더욱 정신 소모가 컸다.

"넌 대체 뭐니?"

청월의 중얼거림이 방 안에 퍼졌다.

그는 도무지 까만 점의 정체를 알 길이 없었다.

처음에는 환상 같은 것이 아닌가 했지만 결코 환상은 아니었다.

그런 것이라면 이렇게 매 순간 뚜렷하게 보일 리가 없었다.

또한 까만 점은 가족을 비롯해 자신에게도, 행인들에게도 존재했다. 흑점이 없는 사람은 여태껏 한 번도 보지 못했다.

대체 이것이 무엇이기에 모든 사람의 몸속에 있는 걸까. 아무리 머리를 쥐어짜도 대답은 얻을 수 없었다.

"후우."

청월은 한숨을 내쉬며 안대를 착용했다.

다행히 점들은 그를 직접적으로 해치진 않았다. 그저 자신과 타인의 몸속에서 벌레처럼 꿈틀거릴 뿐이었다.

특별히 해를 끼치진 않는 것이다.

그가 점을 두려워했던 건 그것들이 몸속에 장기를 먹거나 갑자기 몸 밖으로 튀어나오진 않을까 하는 것이다.

그간의 관찰 결과를 보면 그런 끔찍한 일은 앞으로도 일어나지 않을 듯했다.

"더 알아야 될 게 있을까?"

청월은 천장을 보며 중얼거렸다.

까만 점을 보게 된 지 삼 일째.

그는 깨달았다. 점은 그를 직접적으로 해치지 않는다는 것과 점이 늘어나면 안 좋은 일이 생긴다는 것이다.

점으로 인해 불길한 일이 생긴다는 것은 만청을 통해 깨달았다.

만약 그가 만청을 붙잡지 않았다면 그는 마차에 치었을까, 아니면 다른 방법으로 살아났을까. 문득 그러한 생각이 머리를 맴돌았다.

"도련님, 탕약 드실 시간입니다."

덕구가 문을 열고 방으로 들어왔다.

그의 손에는 먹빛의 작은 약사발이 들려 있었다.

사발 안에는 갈색빛의 탕약이 출렁거리고 있다. 이를 보고 있는 것만으로도 절로 미간이 구겨졌다.

"이거 안 마시면 안 돼?"

"안 됩니다. 문주님의 명령이니까요. 그리고 공자님의
눈을 위한 약이지 않습니까?"

덕구가 조곤조곤 청월을 설득하며 검지로 청월의 눈을
가리켰다.

"빨리 눈이 나아야 그 안대도 벗어버리죠. 계속 쓰고 있
으면 불편하잖아요."

"그건 맞아. 더우니까 땀 차. 계속 긁게 되고."

청월이 고개를 끄덕였다.

확실히 안대를 차는 건 번거로운 일이었다. 하지만 탕약
을 먹는 것도 그것만큼이나 짜증났다.

"그래도 약이 너무 써. 먹기 싫은데."

"그럴 줄 알고 제가 흑당(黑糖)을 챙겨왔습니다."

덕구가 환하게 웃으며 품에 손을 넣었다.

그의 손에 곧 엄지만 한 크기의 작은 사탕이 들려 있다.
흑당은 청월이 가장 좋아하는 군것질거리 중 하나였다.

"우와, 흑당이다."

"어떠세요. 이젠 탕약 드실 수 있겠죠?"

"응, 먹을게."

청월은 조심스럽게 약사발을 들었다.

잠시 머뭇거리던 청월은 이를 단번에 들이켰다.

꿀꺽꿀꺽.

목젖이 거칠게 움직였다.

청월은 미간을 찌푸리면서도 탕약을 남김없이 들이켰다.

"우왁, 써. 흑당."

청월이 난리를 치자 덕구가 입에 흑당을 넣어주었다. 흑당의 달콤함이 입과 혀에 감돌면서 쓴맛은 금세 자취를 감추었다.

"헤헤, 이러니까 먹을 만해."

청월의 얼굴에 환한 미소가 피었다.

목 부분이 아직 쓰긴 했지만 이 정도는 참을 수 있었다.

"다행입니다. 앞으로도 약 드실 땐 챙겨올게요."

"응, 고마워."

청월은 덕구를 보낸 뒤 자신도 방을 나왔다.

그가 향한 곳은 다름 아닌 할머니 곽서화의 거처였다. 할머니는 어젯밤 옛 이야기를 들려주겠다고 약속했다. 그런데 자정이 지나도록 오시질 않았다.

할머니를 기다리느라 청월은 밤을 꼬박 새워야 했다.

"어머님, 아직 거동은 안 하시는 게 좋습니다."

"맞습니다. 의원도 안정이 필요하다고 했어요."

곽서화의 방 앞에는 청문일과 백서현이 서 있었다.

그들은 외출하려고 하는 곽서화를 말리고 있었다. 병세를 늦추기 위해선 움직임을 줄일 필요가 있었다.

"내 몸은 내가 더 잘 안다. 반나절 정도는 문제없어."

"어머님, 이러시면 곤란……."

"어이구, 우리 강아지, 할미를 마중 나온 게냐?"

곽서화는 청문일의 말을 단번에 끊어버렸다.

이쪽으로 접근하고 있는 청월을 발견한 것이다.

청문일과 백서현의 시선 역시 청월을 향했다. 하필이면 막내가 좋지 않은 시점에 나타나고 말았다.

"할머니."

청월은 거침없이 달려들어 할머니의 품에 안겼다.

"어제 왜 안 왔어요? 잠도 못 자고 기다렸어요."

"미안하다. 할머니가 깜빡 잠이 들었지 뭐니. 대신 오늘은 밖에서 맛있는 걸 먹자꾸나."

"정말이요? 와아, 신난다!"

청월은 두 손을 번쩍 치켜들었다. 외식을 하는 건 실로 오랜만의 일이다. 할머니와 외출을 할 생각을 하니 벌써부터 가슴이 두근거렸다.

"하인과 무사 몇 명을 붙이겠습니다. 그 정도는 괜찮으시겠죠?"

"그렇게 해라."

청문일의 말에 곽서화가 고개를 끄덕였다.

손자와 단둘이 시간을 보내는 것이 더 좋지만 얻는 게 있으면 잃는 것도 있는 법이다. 이 정도는 양보해야 했다.

"그럼 갈까?"

곽서화가 환하게 웃으며 청월의 손을 붙잡았다.

"네."

청월은 함지박만 한 미소를 지으며 할머니의 손을 붙들었다. 말랑말랑하고 주름진 손이지만 이보다 따뜻한 손은 세상에 없었다.

두 사람은 하인 둘과 무사 다섯을 대동하고 문파를 나섰다.

비가 올 모양인지 날이 흐렸다.

하늘에는 먹빛 구름이 꼈으며 바람도 평소보다 쌀쌀했다. 행인 중 몇몇은 우산을 손에 들고 있기도 했다.

청월 일행은 대로를 가로질러 도시의 서쪽으로 향했다.

"우리 강아지, 눈에 그건 뭐니?"

"안대예요. 수염 아저씨가 당분간 차고 있으라고 했어요."

"만룡방 의원께서는 눈에 대해서 뭐라고 하셨지?"

"아저씨도 잘 모르겠대요. 알아보고 다시 말해준대요."

청월의 말에 곽서화의 얼굴이 어두워졌다.

곧 없어질 거라 생각했던 증상이 길게 이어지고 있는 것이다.

게다가 까만 점이 보인다고 하니 상서로운 징조로 생각할 수도 없었다.

"근데 할머니, 우리 뭐 먹는 거예요?"

"잘 익은 오리를 먹자꾸나."

"헤헤, 맛있겠다."

청월은 노릇노릇 익은 오리를 떠올리며 군침을 흘렸다. 할머니와 함께 있는 것도 좋건만 거기에 오리까지 먹을 수 있다니.

그야말로 금상첨화라 할 수 있었다.

집에 돌아가서 둘째 형에게 신나게 자랑하리라.

"근데 할머니, 여긴 식당 쪽이 아닌데요?"

"우리 강아지, 잘도 아는구나. 식당을 가기 전에 할머니가 들르고 싶은 곳이 있단다."

곽서화가 웃으며 청월의 머리를 쓸어주었다.

그들은 대략 일각 정도 이동한 뒤 한 가옥 앞에 멈춰 섰다.

가옥은 커다란 담에 둘러싸여 있고 입구에는 천신문(天神堂)이라는 명패가 걸려 있다.

"어떻게 오셨습니까?"

청의를 입은 여인이 인사를 건넸다. 그녀의 얼굴에 맑은 미소가 떠올라 있다.

"태청 도사님을 보려고 해요."

"미리 약속은 잡으셨는지요?"

"신풍문에서 왔다고 하면 알 겁니다."

여성은 잠시 기다려 달라는 말과 함께 안으로 들어갔다.

"할머니, 여기는 뭐 하는 곳이에요?"

"하늘의 뜻을 보는 곳이란다. 일이 막히거나 안 풀리는 일이 있을 때 들르면 좋지."

"우와, 그럼 엄청 대단한 곳이네요?"

청월의 눈이 토끼처럼 휘둥그레졌다.

할머니의 말을 듣고 보니 주변의 모든 것이 새롭게 느껴졌다.

잡담을 나누는 사이 여인이 다시 입구에 나타났다.

"들어오시라고 합니다. 단, 무사들과 하인은 출입할 수 없습니다."

"알았어요."

곽서화는 청월과 함께 입구를 통과했다. 그리고 대리석으로 된 길을 따라 한참을 걸었다.

'의술로 안 된다면 이것 외에는 다른 방법이 없지.'

곽서화는 곁에 있는 청월을 쳐다보았다.

그녀는 알고 싶었다. 사랑스러운 손자가 대체 무엇 때문에 고통을 받고 있는지, 또한 그가 보고 있는 까만 점의 실체는 무엇인지.

사실 그녀에겐 주어진 시간이 그리 많지 않았다.

그래서 살아 있는 동안 손자의 아픔을 조금이라도 덜어주고 싶었다.

조금 더 웃고 조금 더 행복할 수 있게 만들어주고 싶었다.

생각에 잠긴 사이 도당(道堂)에 도착했다.

곽서화는 인기척을 낸 뒤 방 안으로 들어갔다.

태청 도사는 맑은 눈매와 눈썹을 가진 중년인이었다.

턱수염은 목까지 길게 늘어졌으며 볼에는 기다란 검상이 있다.

한 번 보면 잊을 수 없는 강렬한 인상이었다.

그의 뒤로는 태극 문양의 병풍이 펼쳐졌고, 갖가지 부적과 조각품이 방을 가득 메우고 있었다.

향이 타면서 코끝에 맑은 향이 감돌았다.

"둘 다 거기 앉거라."

태청 도사가 입을 열었다.

그리고 그는 침묵을 지키며 두 사람을 응시했다. 눈빛으로 사람을 읽는다고 하는 것이 이런 것일까. 곽서화는 오싹

한 기분을 감출 수가 없었다.

묘한 침묵이 감도는 가운데 청월이 운을 뗐다.

"근데요, 왜 할머니한테 반말해요?"

그는 영문을 모르겠다는 듯 고개를 갸웃했다.

"우리 할머니가 나이가 더 많아요. 반말하면 안 돼요."

"너 재미있는 소리를 하는구나."

태청 도사의 얼굴에 희미한 미소가 어렸다.

도당에 들어오면 기가 죽어서 아무 말 못하는 이가 태반
이다.

그런데 싹도 나지 않은 새파란 아이가 대거리를 하고 있
다.

참으로 놀라운 일이 아닐 수 없었다.

"어째서 네 할미가 나보다 나이가 많다고 생각하지?"

"그야… 아저씨가 더 어려 보이니까 그렇죠. 우리 할머니
는 고희(古稀)도 넘었는걸요?"

"고희라……. 나는 그런 단위로 셀 수 있는 나이를 넘었
지."

태청 도사가 빙긋 웃으며 말했다. 하지만 그를 향한 청월
의 눈빛엔 의심이 가득했다. 길을 가는 사람을 붙잡고 물어
보라.

할머니와 도사 중 누구를 더 연장자라고 할지.

침묵이 흐르는 가운데 도사가 곽서화를 향해 종이와 붓을 내밀었다.

태어난 해와 일시를 적으라는 것이다. 곽서화는 거침없이 붓을 놀렸다.

"일단 확인을 해보자."

태청 도사는 받아 든 종이를 살핀 뒤 그 밑에 복잡하게 글을 적기 시작했다.

글씨가 귀신처럼 흐르는지라 가까이 있어도 알아볼 수가 없었다.

촤르르르륵.

태청 도사가 갑자기 바닥에 쌀을 흩뿌렸다.

그는 가장 맨 위에 있는 쌀을 몇 알 고른 뒤 괘사(卦辭)를 그리기 시작했다.

진지한 눈빛과 신묘한 손놀림을 보니 도저히 말을 붙일 수가 없었다.

태청 도사는 진중하게 점괘를 살핀 뒤 입을 열었다.

"너 최근에 죽을 뻔한 적이 있지?"

"어? 그걸 어떻게 아셨어요?"

"네 기운이 목(木)의 성질인데 공망이 꼈으니까 그렇지. 네 길성이 천을귀인이 아니었다면 죽어도 이상하지 않은 일이지."

"무슨 말인지 모르겠는데요?"

청월이 눈을 동그랗게 떴다.

경전이라면 제법 읽어본 그이지만 도사가 하는 말뜻은 오리무중이었다.

"한마디로 넌 타고난 운이 좋다는 거다."

"헤헤, 정말요?"

"하지만 마냥 좋아하기는 일러."

태청 도사가 일침을 놓았다.

그는 한동안 묘한 표정으로 청월을 응시했다.

무겁게 가라앉은 눈동자는 말보다 더 많은 것을 말하고 있었다.

"일단 안대를 벗어보아라."

"네."

도사의 말에 청월은 그대로 따랐다.

"눈을 감고 있으면 어떻게 해. 크게 떠라."

"저 눈 뜨면 이상한 게 보이는데요?"

"지금 그걸 확인하려고 이러는 거다!"

태청 도사가 가볍게 탁자를 내려쳤다.

단순한 동작이었지만 방 안의 모든 물건이 부르르 진동했다.

그 모습은 마치 그의 감정에 주변의 사물이 공명하는 느낌을 주었다.

"…알겠어요."

청월은 마지못해 눈을 떴다. 이윽고 잿빛 구름처럼 탁한 눈동자가 모습을 드러냈다. 제대로 눈을 뜨니 도사의 몸에서도 까만 점이 보였다.

청월은 이를 보지 않기 위해 최대한 노력했다.

"이상하게 보인다는 게 무엇이냐?"

"까만 점이요. 사람 속에 까만 점이 보여요."

"지금 내 몸에도 있느냐?"

"네. 도사님 몸에도 대충… 칠십 개 정도 있어요."

청월의 대답에 도사가 신음을 뱉었다.

그는 미간을 찌푸린 채 턱을 괴었다. 청월의 상태가 심상치 않음을 느낀 것이다.

도사가 된 후 수많은 이를 보았지만 이런 경우는 처음이다.

"가만히 있거라."

태청 도사는 서랍에서 두 장의 부적을 꺼냈다. 부적에는 피처럼 붉은 글씨의 멸(滅) 자가 새겨져 있다. 그는 이를 청월의 미간과 가슴에 붙였다.

"아무런 느낌이 없니?"

"네."

"그럼 너는 나가봐라. 지금부터는 네 할머니와 이야기해 봐야겠다."

도사가 나가라는 듯 손을 내저었다.

"왜요? 다들 나한테 왜 그래요?

청월의 얼굴은 금세 울상이 되었다. 문득 서러움이 폭발한 것이다.

"친구들도 제 눈을 보고 안 놀아준다고 했단 말이에요. 도사 아저씨도 절 이상한 애라고 생각해요?"

"아니다. 난 널 믿는다."

태청 도사는 작게 고개를 끄덕인 뒤 말을 이었다.

그는 청월에게 다가가 머리를 부드럽게 쓸어주었다.

"네가 하는 말은 모두 믿는다. 하지만 이제부터는 들어서 좋을 것이 없는 이야기야."

"정말요? 절 믿어주시는 거죠?"

"그래. 금방이면 되니까 바깥 구경을 하고 있으렴."

도사의 말에 청월은 용기를 되찾았다.

거짓말쟁이 취급을 받지 않는 것만으로도 큰 힘이 되었다.

그는 부적을 떼서 책상에 놓은 뒤 방을 나갔다.

청월이 방을 나가자 묘한 정적이 방 안을 감쌌다.

그것은 마치 커다란 폭풍이 자리를 떠난 것과 같은 느낌이었다.

어리지만 청월의 존재감이 그만큼 무거웠던 탓이다.

태청 도사는 잠시 침묵하더니 곽서화를 응시했다.

"저 아이의 눈, 양쪽 색이 미묘하게 다르더군."

"물에 빠져 죽을 뻔한 뒤로 살짝 변했습니다."

"…지금 저 아이의 눈에 신이 깃들었다."

태청 도사가 무겁게 입을 뗐다.

그는 신들의 족보가 적힌 서책을 책상에 올려놓았다.

곽서화가 이를 힐끔했지만 그 내용까지는 정확히 알 수 없었다.

"부적이 반응하지 않는 걸 보니 악신은 아니다. 다만 몸에서 쫓아내는 건 불가능해."

"불가능하다고요?"

곽서화가 놀라서 되물었다.

호남 최고의 도사인 그가 물리칠 수 없는 신령이 있단 말인가.

태청 도사는 과거 무당파의 제자였다.

다만 무공보다는 도술에 더 전념한 특이한 인물이었다. 그의 신통방통한 능력으로 인해 사람들은 그를 천독자(天讀者)라 일컬었다.

곽서화는 한동안 넋 나간 표정으로 도사를 응시했다.

"나만 불가능한 게 아니다. 중원에 있는 그 어떤 도사도 저 신을 쫓아낼 수는 없어."

태청 도사가 설명을 이었다.

혼령이나 신이 몸에 깃드는 일은 생각보다 종종 발생한다. 그런 경우 도사들은 도력을 사용하거나 정신을 이끌어감으로써 안에 깃든 혼령을 물리친다.

다만 만 분의 일의 확률로 그것이 불가능한 경우도 있었다.

"저 아이의 눈 색깔이 변했다는 건 만만치 않은 신이 자리를 잡았다는 게지."

"대체 무슨 신이 깃들었다는 거죠?"

"자세한 건 나도 모른다. 예상컨대 천신(天神)님의 바로 아래 등급의 신이 아닐까 싶다. 그러니 저 아이의 눈에 있는 신을 떨쳐내는 방법은 딱 하나뿐이지."

태청 도사가 잠시 뜸을 들인 뒤 말을 이었다.

"바로 저 아이가 죽는 것이다."

태청 도사의 말이 철심이 박히듯 가슴을 내려쳤다.

그 충격에 곽서화의 몸이 허물어질 듯이 기울었다.

죽어야 눈이 회복된다면 아무런 의미가 없다. 죽고 나서는 눈이 필요한 것이 아니니까 말이다.

그럼 손자가 저 불길한 점을 평생 보면서 살아야 한단 말인가.

그런 생각을 하니 가슴이 찢어질 듯 아파왔다.

"너무 나쁘게 생각할 건 없다. 악신이 아니니 어쩌면 복으로 작용할 수도 있지."

태청 도사가 재빠르게 말을 이었다.

"무엇보다 저 아이는 놀라운 재능을 타고났다. 하늘과 땅의 기운을 모두 이어받은 드문 아이지. 거기에 최고의 길성 중 하나인 천을귀인도 타고났어."

"그럼 앞으로는 잘 살 수 있다는 말입니까?"

곽서화가 마음을 추스르며 물었다.

그녀가 알고 싶은 것은 손자의 인생이 미래에도 행복할 수 있는지의 여부였다.

"그거야 아이와 주변 사람이 어떻게 하느냐에 달렸지."

도사는 수염을 쓸어내리며 말을 이었다.

"저 아이는 이미 한 번 죽을 고비를 넘겼다. 아마 눈에 깃든 신령의 힘에 이끌렸기 때문이겠지. 그 싹을 제거하지 않는다면 앞으로도 같은 일이 벌어질 거다."

"……."

말문이 막혔다.

희망을 찾아왔건만 절망만이 온몸을 엄습했다. 곽서화의

얼굴은 어느새 돌덩이처럼 딱딱해졌다.

"진정 방법이 없습니까? 저 아이를 위해서라면 무슨 짓이라도 할 각오가 되어 있어요."

"딱 하나 방도가 있기는 하지.

도사는 책상에 놓인 부채를 활짝 펼쳤다.

부채에는 푸른 학이 그려져 있는데 당장에라도 밖으로 뛰쳐나올 듯이 생생했다.

"내가 그쪽을 오래 지켜봤는데 몸 주변에서 진기가 끊임없이 요동쳤어. 당신 혹시 천도지체(天道之體) 아닌가?"

"그것을 어찌?"

곽서화는 자신도 모르게 눈을 부릅떴다.

태청 도사를 만난 이후엔 놀라움과 경이가 끊임없이 이어진다.

그녀가 천도지체라는 것은 문주인 청문일조차 모르는 일이다.

천도지체(天道之體).

그것은 몇 백 년에 한 번 무림에 나타나는 매우 특이한 체질이다.

천도지체를 가지게 되면 심법을 익히지 않아도 무제한으로 진기를 사용할 수 있었다.

그 육체가 곧 자연의 통로가 되기 때문이다.

"놀랐나? 나쯤 되면 그 정도 알아맞히는 건 일도 아니지."

태청 도사가 허허롭게 웃었다.

그가 읽은 천리에 따르면 곽서화는 진작 죽었어야 했다.

이미 여섯 살 때 백호대살의 기운이 꼈기 때문이다.

그럼에도 불구하고 아직 목숨을 연명하고 있다는 점, 몸에 있는 질병에 굴복하지 않았다는 점, 몸 주변의 진기가 끊임없이 움직인다는 점,

이 세 가지 사실은 곽서화가 천도지체의 소유자임을 알려주는 사실이다.

"내가 잘못 들은 게 아니라면 아이를 위해서 뭐든지 할 수 있다고 한 것 같은데, 맞느냐?"

"맞습니다. 지금도 앞으로도 변함없습니다."

"그럼 한번 해보자꾸나."

"네?"

"아이를 살려보자 이 말이다."

태청 도사의 눈빛이 매처럼 매서워졌다.

그는 일필휘지로 붓을 놀리더니 글을 쓴 종이를 내밀었다.

이를 받아 든 곽서화는 오랫동안 침묵을 지켰다.

결정의 순간이 찾아왔다.

하늘이 캄캄했다.

먹빛 구름은 당장에라도 비를 토해낼 것 같았고, 싸늘한 바람이 대로와 사람들 틈새를 누비고 다녔다.

"할머니, 나 엄청 배불러요."

청월은 볼록한 배를 만지며 미소를 지었다.

할머니와 함께한 외식은 그야말로 꿈처럼 달콤했다. 잘 익은 오리는 사탕처럼 사르르 녹아내렸고, 함께 찍어 먹는 매실 양념도 새콤해서 좋았다.

무엇보다 할머니와 단둘이서 식사를 한다는 것이 즐거웠다.

반찬 투정을 한다고, 과식을 한다고 뭐라 할 사람이 없었으니 말이다.

"강아지가 좋다니까 할미도 기쁘구나."

"헤헤, 정말요?"

청월의 얼굴에 환한 미소가 어렸다.

그는 할머니의 손을 꼬옥 붙잡고 문파로 복귀했다.

즐거운 시간을 보내서 그런지 돌아가는 길이 내내 아쉬웠다.

"콜록콜록."

곽서화가 기침을 뱉었다.

그것은 단순한 기침이 아닌 몸이 휘청거릴 만큼 심한 기침이었다.

기침은 무려 반각 가까이 간헐적으로 이어졌다.

"할머니, 어디 아파요?"

청월이 걱정스런 표정으로 곽서화를 응시했다. 이렇게 심한 기침은 태어나서 처음 봤기 때문이다.

"아니다. 걱정할 필요 없단다."

곽서화가 웃으며 손을 내저었다. 평소와 같이 따뜻하고 포근한 미소였다. 하지만 손바닥에는 붉은 핏방울이 물감처럼 번져 있다.

"거짓말! 할머니 손에 피가 묻었어!"

청월이 호들갑을 떨었다. 그 역시 무언가 심상치 않은 기운을 느낀 것이다.

"응? 그게… 맞다. 할머니가 이가 안 좋아서 이에서 피가 난 거야."

"정말?"

"그럼 정말이지. 할머니가 강아지한테 거짓말한 거 봤어?"

"…알았어요."

청월이 작게 고개를 끄덕였다.

두 사람은 다시 걷기 시작했다.

문파에 도착할 무렵 청월은 안대를 벗어버렸다.

날씨가 끈적끈적해서 그런지 눈 주변에 땀이 찼기 때문
이다. 안대를 호주머니에 넣은 그는 잠시 눈을 깜빡거려 보
았다.

'어라?'

청월은 놀라움을 금치 못했다.

문득 왼쪽 눈으로 바라보게 된 할머니.

그녀의 몸이 심상치 않은 탓이다. 할머니의 몸은 그야말
로 까만 점투성이였다. 그 수가 얼마나 많은지 일일이 셀
수가 없었다.

차라리 하얗게 빈 공간을 찾는 게 수월할 정도였다.

까만 점이 많으면 불길한 일이 생긴다.

이는 청월이 최근 들어 알게 된 사실이다. 그런데 할머니
의 몸에는 엄청난 수의 까만 점이 있었다. 마치 며칠 전 만
청이의 몸이 그랬던 것처럼 말이다.

청월의 몸은 순간 딱딱하게 굳고 말았다.

"할머니."

"왜 그러니, 우리 강아지?"

"할머니는 나한테 거짓말 안 한다고 했죠?"

"물론이지. 그건 또 섭섭하게 왜 물어보는 거니?"

"아무것도 아니에요."

청월이 얼버무리듯이 대답했다.

문파에 복귀하기 전까지 그의 탁한 눈은 곽서화에게서 떨어지지 않았다.

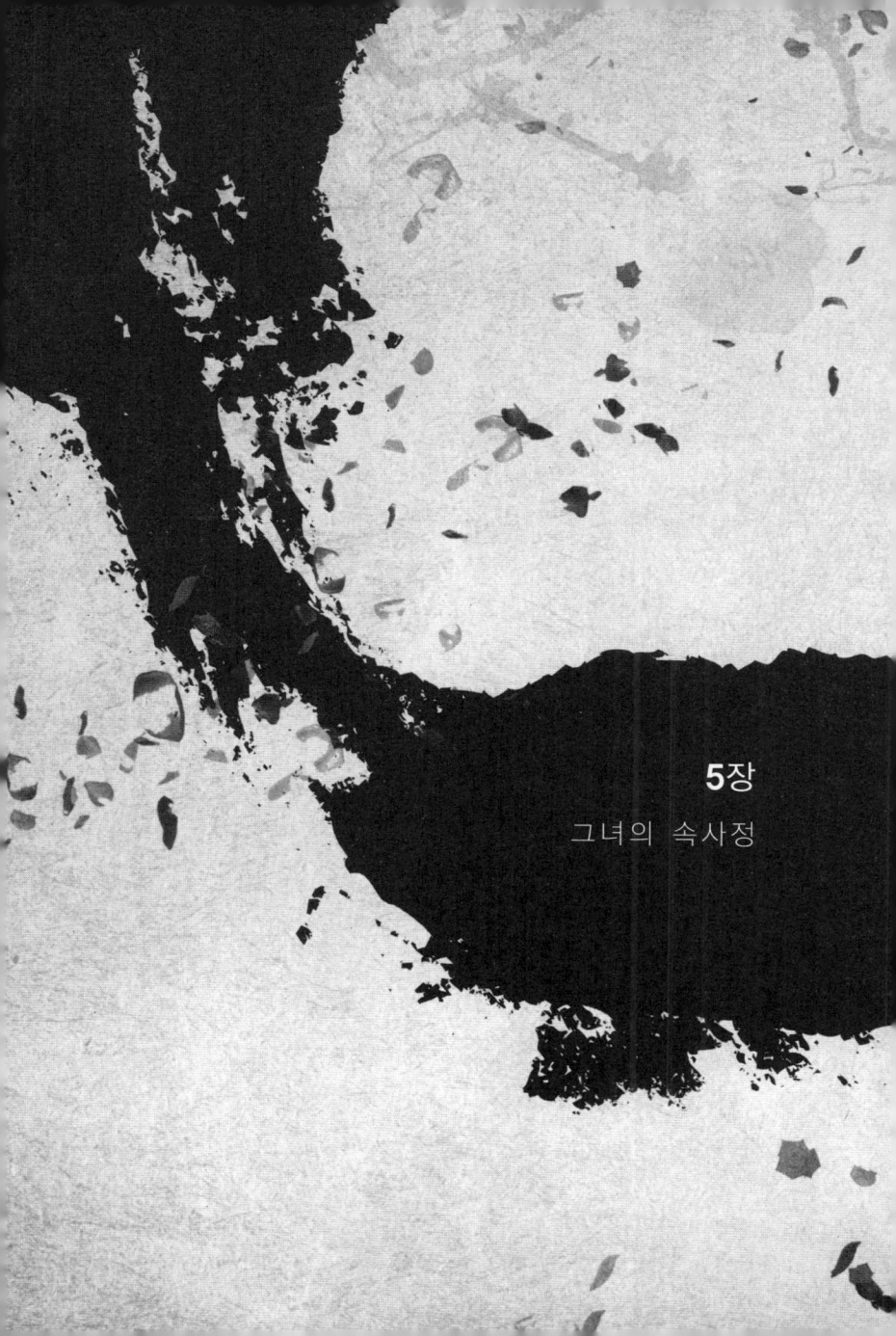

5장

그녀의 속사정

쏴아아아아!

비가 내리고 있다.

그동안의 무더위를 날려 버리려는 듯 시원한 장대비가 쏟아졌다.

새벽에 시작된 빗줄기는 늦은 오후가 되도록 그칠 줄을 몰랐다.

모처럼의 비로 신풍문은 고요했다.

바깥 활동을 전혀 할 수 없을 정도로 빗줄기가 굵고 거셌기 때문이다.

하인들은 집 안에서 소일거리를 하거나 잡담을 하며 시
간을 보냈다.

"하아!"

긴 한숨이 터져 나왔다.

근심 가득한 소리를 뱉어낸 주인공은 청월이었다.

그는 턱을 괸 채로 멍하니 마루에 앉아 있었다. 눈은 뜨
고 있었지만 딱히 보이는 것은 없었다. 지금 그의 머리는
무척이나 복잡했다.

"싫어. 할머니한테 까만 점이 그렇게 많다니."

청월은 휘휘 고개를 저었다.

그는 어제 귀갓길에 보았던 할머니를 생각하며 몸을 부
르르 떨었다.

할머니의 몸에 엄청난 수의 까만 점이 있었다.

또한 그것은 그 순간에도 몸집을 불려 나가고 있었다.

조금만 더 시간이 지난다면 할머니의 몸은 아예 점에 먹
혀 버릴지도 몰랐다.

청월은 불길했다.

만청에게 그랬던 것처럼 할머니에게도 무언가 이상한 일
이 생기지 않을까.

"무슨 근심이 그리 많으십니까?"

덕구가 웃으며 말을 걸었다.

그는 방금 주방에 들렀다 오는 길이다.

그의 손에는 고운 모양의 화과자가 들려 있었다. 화과자는 가지각색으로 절로 군침이 돌 만큼 여러 가지 고운 색을 띠고 있다.

"공자님이 좋아하는 화과자를 가져왔습니다."

"됐어. 안 먹을래."

"정말이십니까?"

덕구의 눈이 휘둥그레졌다.

본래 청월은 화과자라면 사족을 못 썼다. 그런 그가 화과자를 물리치다니. 별일이라면 별일이라고 할 수 있었다.

"덕구야."

청월이 진지한 눈빛으로 덕구를 응시했다.

평소의 쾌활하고 발랄한 모습은 어디에도 없었다.

"솔직히 말해줘."

"무엇을 말입니까?"

"할머니한테 무슨 일 있지? 뭔가 안 좋은 일 말이야."

"그런 게 어디 있겠습니까? 공자님의 생일을 축하하기 위해 일찍 오신 것뿐입니다."

덕구는 평소답지 않게 말을 빨리했다.

청월을 설득해야 할 필요성을 느낀 탓이다. 그녀의 병환에 관해선 엄중한 함구령이 내려졌다. 상대가 청월이라도 진실을 알려줄 수는 없었다.

"나 덕구랑 오래 지내서 아는데, 거짓말할 때는 눈을 못 봐. 말도 빨라지고."

"……."

"말해줘. 다 알고 물어보는 거야."

청월은 그렇게 말하고 침묵을 지켰다.

그의 침묵은 사정없이 덕구의 몸을 짓눌렀다. 덕구는 이 것이 불편해 헛기침을 뱉어낼 수밖에 없었다.

"할머니가 많이 아프지? 그치?"

"……."

"됐어. 이제 알 거 같아."

청월은 작게 고개를 끄덕였다.

덕구가 말은 하지 않았지만 그것만으로도 충분한 대답이 되었다.

그도 왼쪽 눈으로 봐서 짐작이 가는 것이 있으니까 말이 다.

청월의 시선이 다시 빗줄기로 향했다.

쏴아아아아아!

장대비는 여전한 기세로 대지를 두들겼다. 이를 한참을 지켜보던 청월은 몸을 일으켰다. 드디어 결심이 섰다.

"어디를 가시려는 겁니까?"

"할머니한테."

청월은 우산을 들고 할머니가 머무는 가옥으로 향했다. 그의 눈빛은 진중했으며 꼭 다문 입술에는 무언가 굳은 결의가 어렸다.

반각 정도 걸으니 할머니의 가옥이 보였다.

드르르르륵.

청월은 인기척도 내지 않고 방문을 열었다.

할머니는 두꺼운 이불을 덮고 누워 있었다.

이마에는 물수건이 올려 있고 살짝 벌어진 입에선 신음 소리가 흘렀다.

얼굴엔 평소처럼 인자하고 따스한 미소 대신 고통에 얼룩진 그늘이 졌다.

"…공자님?"

"청월… 이니?"

수발을 들던 하녀와 할머니가 동시에 얼빠진 소리를 했다.

그가 갑작스럽게 들이닥칠 줄은 몰랐기 때문이다. 청월이 들어오면서 차가운 바람이 함께 방을 휘감았다.

"너는 나가 있어."

청월의 시선이 하녀를 향했다.

"네? 저요? 저는 어르신을……."

"나가 있어! 잠깐이면 돼!"

청월의 호통에 하녀는 화들짝 놀랐다. 공자의 이런 얼굴을 처음 본 것이다. 그녀는 곽서화의 눈치를 살핀 뒤 그대로 방을 나갔다.

"아이구, 깜짝이야. 우리 강아지가 이 시간에 올 줄을 몰랐구나."

곽서화가 몸을 일으킨 뒤 벽에 기댔다. 그녀는 최대한 태연한 척 병색을 감추었다.

"할머니, 많이 아파요?"

"그냥 감기에 걸린 거란다. 걱정 안 해도 돼."

"거짓말. 할머니는 거짓말쟁이. 나한테는 거짓말 안 한다고 해놓고."

청월이 안대를 벗자 주변의 풍경이 변해갔다.

세상은 하얀 바탕의 도화지가 되었고 그 경계는 얇은 실선으로 구분되었다. 할머니의 몸에는 여전히 끔찍한 수의 까만 점이 있었다.

정체를 알 수 없는 불길함이 커져만 간다.

이대로라면 할머니는 까만 점에 먹혀 버리리라.

침묵이 이어지는 가운데 열린 문틈으로 횡한 바람이 쏟아져 들어왔다.

"미안해요, 할머니."

청월은 곧 고개를 떨어뜨렸다.

그는 이제야 볼 수 있었다. 할머니의 얼굴에 드리운 짙은 병색을. 푹 꺼진 두 눈과 홀쭉해진 볼, 그리고 푸르스름해 떨리는 입술을.

옛날이야기를 들려달라고 졸랐을 뿐 할머니가 수척해졌다는 사실은 까맣게 몰랐다.

"됐다. 이리 오너라."

할머니가 두 팔을 벌렸다. 청월은 할머니의 품에 얼굴을 묻었다.

할머니의 몸에서 풍기는 향기와 따스함이 그를 안락하게 감쌌다.

"미안하긴 할머니가 더 미안하지. 우리 강아지한테 거짓말 안 하기로 했는데."

"아니에요. 제가 잘못했어요."

두 사람은 한동안 서로를 끌어안은 채 침묵을 지켰다. 먼저 운을 뗀 것은 청월이었다.

"할머니, 나 계속 할머니 방에 있을 거예요."

"왜, 심심할까 봐 말동무해 주려고?"

"네, 옛날이야기도 듣고요."

청월이 밝게 웃었다. 하지만 그의 진정한 속내는 딴 곳에 있었다.

그가 방에 남은 것은 까만 점으로 일어날 불길함을 없애기 위함이었다.

청월은 만청에게 닥친 일을 떠올렸다.

그는 까만 점에 몸이 먹혀 세상을 떠나고 말았다. 할머니에게 같은 일이 생기는 건 반드시 막아야 했다.

"그러고 보니 우리 강아지, 안대를 벗었구나."

곽서화는 청월을 품에서 풀어주었다. 그녀는 한동안 청월의 얼굴을 유심히 뜯어보았다.

"네, 불편해서요."

"그 까만 점들이 계속 보이진 않고?"

"이젠… 괜찮아요."

청월은 최대한 태연하게 대답했다.

그의 회색빛 눈동자는 여전히 활짝 열린 상태다.

사실은 두려웠다. 할머니의 까만 점을 보고 있는 것이 두려웠다.

점이 늘어갈수록 조바심이 나고 불안했다. 하지만 지금은 두려움에 떨고 있을 수 없었다.

그에겐 반드시 하지 않으면 안 될 일이 있었으니까.

'내가 꼭 너를 막을 거야.'

청월은 할머니의 몸에 일렁이는 까만 점을 똑바로 바라보았다.

소년과 까만 점의 전쟁이 시작되었다.

*   *   *

시간은 야속하게만 흘렀다.

곽서화의 상태는 악화일로를 걷고 있었다.

그녀는 선천적으로 폐와 심장이 좋지 않았다.

항상 기침과 흉통을 달고 살았으며 몸이 약해 먼 곳을 나가지도 못했다.

출산을 할 때는 생사의 경계에서 간신히 돌아오기도 했다.

하지만 그럼에도 그녀의 아픔을 아는 이는 그리 많지 않았다. 곽서화는 자신의 아픔을 한 번도 표낸 적이 없었다.

가슴을 쥐어짜는 통증이 밀어닥쳐도 그저 얼굴을 한번 찌푸리며 참아냈다.

그녀의 아픔을 아는 것은 오로지 그녀를 살피는 의원들뿐이었다.

한편 청월은 매일 수척해지는 할머니를 곁에서 지켰다. 그런 그를 보며 문파 내에 많은 말이 돌았다.

"공자님이 어찌 어르신의 병환을 알았을까?"

"그러게 말이야. 문주님이 단단하게 함구령을 내렸는데."

"정말 알다가도 모를 일이군."

하인들은 청월의 행동에 의문을 가졌다.

누군가가 일러주지 않는다면 청월이 곽서화의 병환을 알 길이 없기 때문이다.

청월이 곽서화의 곁에서 떠나지 않는다는 것은 금세 청문일 부부의 귀에도 들어갔다.

"어떻게 하실 생각이죠? 역시 떼어놓는 게 좋을까요?"

백서현이 근심스런 표정으로 물었다.

만룡방의 말에 따르면 곽서화이 살날은 그리 많이 남지 않았다.

청월이 그녀의 곁을 지킨다면 나중에 더 큰 상처를 받지 않을까 염려되었다.

"아니. 그냥 내버려 두게."

"진심이십니까?"

백서현의 물음에 청문일이 작게 고개를 끄덕였다. 그는 한숨을 내쉰 뒤 말을 이었다.

"그게 어머님을 위한 길이지."

백문일은 그렇게 답했다.

막내가 어머니의 병환을 알아버렸으니 이를 덮는 것도

불가능했다.

그럴 바엔 차라리 마지막까지 좋은 시간을 갖도록 하는 게 좋으리라.

시간은 흐르고 흘러 청월의 생일이 점차 가까워져 왔다. 이전이라면 함지박만 한 미소를 지으며 돌아다닐 청월이다. 하지만 그의 표정은 웬일인지 흙빛처럼 어두웠다.

'안 돼. 없어지지가 않아.'

청월의 시선이 할머니를 향했다.

그의 탁한 왼쪽 눈은 오래도록 할머니에게 고정되어 있었다.

까만 점은 도무지 할머니를 떠날 기미를 보이지 않았다.

오히려 눈덩이처럼 불어나며 몸을 잠식하고 있다.

할머니의 몸에는 이제 빈 공간이 거의 남지 않았다.

하얀 공간은 대략 주먹 두 개 정도의 크기이며 그마저도 매일같이 줄어들고 있었다.

청월은 초조했다.

이대로 가다간 분명 만청에게 있었던 불길한 일이 할머니에게도 닥칠 것이다. 그런 일은 반드시 막아내지 않으면 안 됐다.

'떨어져. 제발 떨어지란 말이야.'

청월은 까만 점을 물리치기 위해 힘껏 할머니의 몸을 주물렀다.

그것만이 오직 그가 할 수 있는 전부였다.

*　　　*　　　*

간병을 시작한 지도 어느덧 이레가 되었다.

청월은 늘 최선을 다했다.

그는 까만 점을 몰아내기 위해 할머니의 몸을 주물렀다.

'왜, 왜 없어지질 않지?'

안마를 끝내고 나면 청월의 표정은 언제나 딱딱했다.

안마를 해도 까만 점이 항상 그대로였기 때문이다. 그는 자신의 행동이 밑 빠진 독에 물 붓는 격이라고 느끼기 시작했다.

"할머니, 몸은 좀 어때요?"

"우리 강아지가 안마를 해주니까 아주 개운하구나."

"정말요?"

"그럼."

할머니의 얼굴에 희미한 미소가 어렸다.

그녀는 병이 깊어지면서 웃는 데에도 큰 힘을 들여야 했다.

물론 청월은 이를 단번에 파악했지만 말이다. 할머니의

부자연스러운 미소를 보니 가슴이 더욱 찢어질 듯했다.

옛날이야기는 줄어들었고 기침은 늘었다.

가슴을 움켜쥐고 얼굴을 일그러뜨리는 일도 갈수록 늘어 갔다.

이대로 가다간 정말 까만 점이 할머니를 먹어치울 것 같았다.

똑똑똑.

문을 두드리는 소리와 함께 만룡방이 모습을 드러냈다. 그가 방에 들어서자 묘한 약초 냄새가 주변으로 퍼졌다. 손에는 언제나와 같이 각종 침이 담긴 가방이 들려 있다.

"공자님, 안녕하셨습니까?"

"안녕하세요, 수염 아저씨."

청월은 고개를 꾸벅하며 인사했다.

만룡방이 나타난 것만으로도 마음이 한결 놓였다. 그는 언젠가부터 만룡방을 든든한 사람이라고 생각하게 되었다.

그의 침술이 무척 신통방통했기 때문이다.

만룡방이 침을 놓고 나면 신기하게도 까만 점이 줄어들었다. 또한 할머니의 표정 역시 한결 밝아졌다.

그의 침술에는 무언가 비밀이 있는 것 같기도 했다.

"오늘은 평소보다 힘든 시간이 될 겁니다."

만룡방이 가방을 펼치자 가지각색의 침이 모습을 드러냈

다. 개중에는 전에 본 적 없는 팔뚝만 한 크기의 침도 있었다.

"수염 아저씨, 이거 나한테도 가르쳐 주면 안 돼요?"

청월이 조심스럽게 말을 꺼냈다.

"공자님은 의술을 배우기엔 아직 이릅니다."

"그래도 내가 이걸 할 줄 알면 할머니를 덜 아프게 할 수 있잖아요."

청월의 순수한 말에 만룡방은 잠시 말을 잃었다. 안 그래도 곽서화를 지키는 청월을 보면 늘 안쓰러운 마음이 들었다.

그는 한동안 그윽한 시선으로 청월을 응시했다.

"당분간은 제게 맡겨주시죠. 공자님이 크면 꼭 알려 드리겠습니다."

"물론 그때까지 할머니가 건강할 수 있죠?"

"…최선을 다하겠습니다."

신의라 불리는 만룡방조차 확언을 하지 못했다.

그는 청월에게 잠시 방에서 나가 달라고 부탁했다. 오늘 펼칠 침술은 고도의 집중력이 필요했기 때문이다.

"네. 할머니를 부탁해요."

청월은 조용히 방문을 닫고 밖으로 나왔다.

그가 사라지니 방은 쥐 죽은 듯 고요해졌다. 만룡방은 침술에 앞서 곽서화의 맥과 기의 흐름을 살폈다.

'이럴 리가 없는데… 어째서……?'

미간이 사정없이 구겨졌다.

망치라도 맞은 것처럼 머리가 새하얗게 비었다.

곽서화의 상태는 그야말로 최악으로 치닫고 있었다. 처음엔 그녀의 여생을 한 달 남짓으로 보았는데 지금은 단 며칠도 장담할 수 없을 것 같았다.

치료에 허점이 있는 것도 아니었으니 그 까닭이 오리무중이다.

"놀라셨습니까?"

"……."

"의원님의 생각보다 빨리 죽어가고 있죠?"

곽서화의 얼굴에 묘한 미소가 어렸다.

그녀는 진맥하고 있는 만룡방의 손을 가만히 잡았다. 의원의 손 역시 그녀의 손처럼 주름이 자글자글했다. 그에게만큼은 사실을 말해도 좋으리라.

"의원님의 탓이 아닙니다."

"그럼 대체……?"

"나를 지켜주던 힘이 있습니다. 그 힘을 청월이에게 주고 있어요."

곽서화가 담담하게 말했다.

문파 내의 그 누구도 알지 못하는 사실이다.

그 비밀을 아는 것은 태청 도사와 그녀뿐이고 이제 만룡방이 추가되었다.

"자세한 것은 모르지만 어르신께서 오래 사셔야 합니다. 앞날이 창창한 공자에게 힘을 주는 건 다소 이해하기 어렵습니다."

"의원님은 아직 손주가 없지요?"

곽서화가 오히려 역으로 질문했다. 기습적인 질문에 만룡방은 꿀 먹은 벙어리가 되었다.

"의원님은 모르겠지만 그 아이가 사는 게 내가 사는 겁니다. 아시겠습니까?"

곽서화가 힘겹게 미소를 지었다.

그녀는 태청 도사와 나누었던 대화 내용을 그에게도 고스란히 말해주었다. 더불어 그가 말한 청월을 살리는 법에 대해서도 말이다.

태청 도사가 언급한 청월을 살리는 법.

그 방법은 매우 간단했다.

그녀가 타고난 육체인 천도지체를 청월에게 심어주는 것이었다.

곽서화는 자신의 혈맥의 진기가 흐르는 통로를 매우 잘 알고 있었다.

또한 그녀가 혈맥을 활용하는 방식은 무림에서 내로라하는 무사들보다도 뛰어났다.

무림인들이 억지로 몸에 통로를 낸다고 치면 그녀는 자연이 인간에게 준 통로를 사용했다.

즉, 진기를 이용하는 근본이 다른 것이다.

문제가 되는 것은 오로지 그 통로를 뚫는 방식이었다.

그녀의 기류는 기존의 심법처럼 단전 중심이 아니라 온몸을 단전으로 삼기 때문이다.

그렇기 때문에 이를 완성하려면 엄청난 양의 공력이 필요했다.

"그래서 해야만 했지요."

곽서화가 작게 고개를 끄덕였다.

결국 그녀는 청월이 자는 틈을 이용해 혈맥을 뚫었다. 거기에 필요한 공력은 자신의 선천진기로 충당했다. 그 때문에 지병이 심해져 죽음에 가까워진 것이다.

"…그런 일이 있으셨군요."

만룡방은 콧등이 시큰해졌다.

손자를 향한 그녀의 사랑이 그에게도 닿은 탓이다. 만룡방은 결국 말하지 못했다.

공자에게 행해지는 벌모세수를 중단하라는 말을. 죽어가고 있다고는 하지만 그녀의 얼굴에는 생의 열망이 가득 차올라 있다.

그 열망은 분명 청월을 통해 세상에 펼쳐질 것이다.

"오늘은 평소보다 좀 더 고통스러울지도 모르겠습니다. 각오하세요."

침술이 시작되었다.

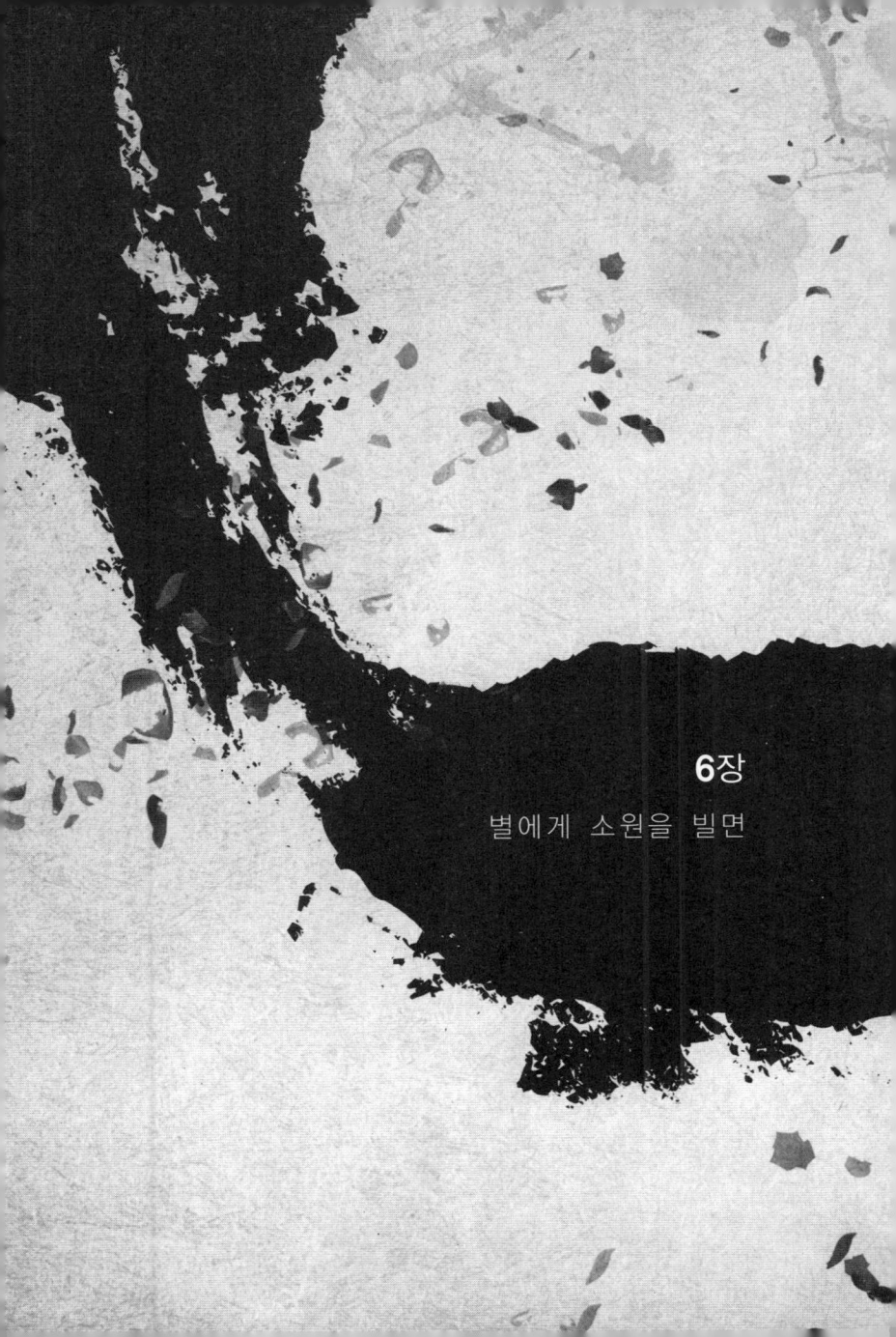

6장

별에게 소원을 빌면

바깥은 어느새 어둠에 잠겨 있다.

하늘에는 차가운 초승달이 얼굴을 빠끔히 내밀었으며 알알이 박힌 별들도 보석 같은 빛을 뿌렸다.

휘이이이이잉.

시원한 바람이 불어와 머리를 쓸어주었다.

그 느낌은 마치 할머니가 머리를 쓸어주는 것처럼 포근했다.

청월은 한동안 바람을 맞으며 저 멀리 있는 떡갈나무를 바라보았다.

할 일이 없었다.

아니, 무엇을 하면 좋을지 몰랐다.

그는 지난 보름 동안 할머니 곁을 그림자처럼 지켰다. 할머니의 방에 함께 있는 일은 언젠가부터 당연한 것이 돼버렸다. 그래서 모처럼 시간이 비니 어찌할 줄을 몰랐다.

"조금 걸어볼까?"

청월은 방의 기척을 살핀 뒤 천천히 걷기 시작했다. 맑은 달이 뒤를 쫓았고, 밤벌레 소리가 적적하게 울렸다. 야밤에 혼자 걷는 것도 그리 기분 나쁘지 않았다.

문파 내부를 크게 돌던 청월.

그는 문득 청천정이라는 호수 앞에서 걸음을 멈추었다. 그곳에서 알 수 없는 기합 소리가 들렸기 때문이다. 청월은 살금살금 소리의 근원지로 향했다.

두 명의 소년이 호수를 등진 채 검을 놀리고 있었다.

그 주인공은 다름 아닌 맏형 청호와 둘째 형 청풍이었다. 그들은 목검을 들고 비무를 하고 있는 중이었다. 얼마나 집중하고 있는지 청월이 근처까지 접근해도 알아차리질 못했다.

따아아아악!

목검이 충돌할 때마다 경쾌한 소리가 울려 퍼졌다.

두 사람은 입술을 꼭 다문 채로 진지하게 검을 주고받

왔다.

물론 그들의 솜씨는 문파 무사들의 실력에 비하면 턱없이 모자랐다.

일단 진검이 아닌 목검을 들었고 움직임도 둔했다. 하지만 청월은 그 모습만으로도 가슴에 커다란 울림을 받았다.

멋있었다.

형들이 멋있었다.

목검을 든 것만으로도 그들이 벌써 어른이 다 된 것처럼 보였다. 평소와 같이 웃고 떠들던 형들은 그 자리에 없는 듯했다.

"청호 형! 이겨라!"

청월은 결국 힘껏 소리를 질렀다.

그동안 보지 못했던 형들의 모습에서 질투를 느낀 것이다. 목청껏 소리를 지르자 두 형의 시선이 동시에 그를 향했다.

"지금이다."

밀리고 있던 청호의 눈이 반짝였다.

그는 맞대고 있는 검에 몸을 실었다. 갑작스럽게 쏟아지는 힘에 청풍은 당황스러움을 금치 못했다. 결국 청풍은 검을 놓치고 바닥에 엉덩방아를 찧고 말았다.

"좋았어. 이걸로 이십일전 십일승 십패다."

청호가 목검을 쳐들고 만족스런 미소를 지었다.

"그런 게 어딨어? 오늘 건 빼고 세. 청월이 소리를 질렀잖아."

"청월이 목소리는 나도 들었어. 네가 집중을 못해서 진 거야."

청호가 청풍을 향해 손을 내밀었다.

청풍은 억울해하면서도 그 손을 붙잡고 일어났다. 다 이겼다고 생각한 비무를 내주고 말았다. 기분이 찜찜한 건 어쩔 수 없었다.

"에이씨. 아무리 생각해도 청월이 때문에 진 건데."

청풍은 청월을 향해 눈을 흘렸다. 그럼에도 청월은 눈썹 하나 까딱하지 않았다. 오히려 얼굴에 철판을 깐 것처럼 태연하게 행동했다.

"헤헤. 아쉽게 됐네, 둘째 형."

"내 눈이 이상한 건가? 어쩐지 즐거워 보이는데?"

"아니야."

청월이 고개를 저었다.

"그리고 청호 형이 이기라고 소리쳤던 것 같은데? 그건 맞아?"

"그건 제대로 들은 거 맞아."

"아이구, 이걸 그냥 확."

청풍은 동생을 쥐어박으려다가 참았다.

어린 동생을 때려봤자 손해 보는 것은 그였다. 고자질에는 장사가 없기 때문이다.

"둘 다 그만하고 쉬자."

청호는 두 사람을 이끌고 정자로 향했다.

청월은 이것저것 묻고 싶은 것이 많았지만 쉽사리 입을 열지 못했다.

청호와 청풍이 말없이 호수를 바라보았기 때문이다.

'이상해, 둘 다.'

청월은 두 사람 사이에 자신이 껴들 수 없는 무언가가 있음을 느꼈다.

그도 검술을 배우게 되면 두 사람과 같은 기분을 맛볼 수 있을까.

문득 그런 생각이 들었다.

"요새 눈은 좀 어때?"

만형 청호가 말문을 열었다. 달빛으로 인해 그의 얼굴이 아름답게 부서졌다.

"응. 괜찮아."

"그 까만 점이라는 거 계속 보여?"

"음, 계속 보이는데 지금은 괜찮아."

"그거 다행이네."

청호는 피식 웃으며 청월의 머리를 쓸어주었다.

그 느낌이 나쁘지 않아 청월은 고양이처럼 얌전히 있었다.

"뭐 꾀병도 언제까지 부릴 순 없을 테니까."

청풍이 코웃음을 치며 찬물을 뿌렸다. 그의 입가로 어느새 얼음처럼 차가운 냉소가 어렸다.

"꾀병도 아니고 거짓말도 아니야. 형은 몰라."

"우리끼리만 있으니까 솔직히 말해. 부모님께 이르지 않을 테니까."

"정말 아니라니까! 나는 진짜 까만 점이 보여!"

청월이 버럭 소리를 질렀다. 형이 그를 의심하니 다시금 화가 났다.

보이는 것을 보인다고 하는데 어째서 거짓말쟁이라고 하는 걸까.

"둘째야, 너도 이제 그만해."

"형, 아무리 그래도 말이 안 되잖아. 사람 몸에서 까만 점이 보인다는 게 말이 돼?"

"됐어. 이 일은 오늘로 끝이야. 너희 둘 다 똑같은 걸로 다시 다투면 내가 가만있지 않을 거야. 알았지?"

청호가 똑 부러지게 말했다.

큰형의 말에 토를 달수는 없기에 두 사람 모두 뾰로통한 표정으로 시선을 돌렸다.

"그것보다 오늘은 둘 다 나랑 어디 좀 가자."

"이 밤에 어디를?"

청월이 눈을 동그랗게 뜨고 물었다. 이런 늦은 시간에 문파 밖으로 나간 적이 없기 때문이다. 게다가 이런 제안을 만형이 할 줄은 몰랐다.

"따라오면 알아. 후회는 하지 않을 거야."

청호가 피식 웃으며 말했다.

"어떻게 할 거야? 갈래, 말래?"

"당연히 가야지."

청풍이 호탕하게 대답했다.

반면 청월은 쉽사리 대답을 할 수 없었다. 아픈 할머니를 두고 어디를 간다는 게 마음에 걸렸다.

"형, 잠깐이면 되는 거지?"

"반 시진이면 충분해. 의원께서 침을 놓는데도 그 정도 시간은 걸릴 테니까 금방 갔다 오면 돼."

"…알았어. 나도 갈게."

청월의 대답에 청호가 만족스런 미소를 지었다.

"잘 생각했다. 너희 둘 다 엄청 운 좋을 줄 알아."

청호는 동생들을 이끌고 백호각으로 향했다. 그리고 땅굴을 통해 문파를 벗어났다.

도시의 소로를 따라 북쪽으로 향한 길.

세 형제는 어느새 야산을 오르고 있었다.

밤늦은 시각의 야산은 귀신이라도 나올 것처럼 침침했다. 길을 비추고 있는 것은 달빛이 전부였고, 어디선가 음침한 부엉이 소리가 들려왔다.

"형, 나 무서워. 이상한 게 튀어나올 것 같아."

청월은 앞서가는 청호의 옷자락을 붙잡았다.

"짜샤, 걱정 마. 그런 게 나오면 내가 다 베어버릴 테니까."

"정말? 형이 그럴 수 있어?"

"아까 비무하는 거 못 봤어? 몇 번 쓱싹 하면 다 없어진다니까."

청풍이 자신만만하게 말했다. 얄미운 둘째 형이었지만 지금 순간만큼은 든든하게 느껴졌다.

세 사람은 일각 정도 걸어 야산 중턱에 도착했다.

중턱에는 넓은 잔디밭이 펼쳐져 있으며 아래로 도시의 정경이 한눈에 펼쳐졌다.

야산에 이런 명당이 있다는 것을 청풍과 청월은 오늘 처음 알았다.

"우와, 멋있다!"

"저기 봐. 저기는 유독 밝은데?"

두 사람은 산 아래를 보며 호들갑을 떨기 바빴다.

이렇게 도시를 보니 마치 전체의 풍경이 장난감처럼 느껴졌다.

한없이 커다란 문파도 여기선 한 손에 움켜쥘 수 있을 것 같았다.

"그게 끝이 아니야. 조금만 기다려 봐."

청호가 미소를 지으며 하늘을 응시했다.

그가 동생을 이곳으로 데려온 이유는 간단했다. 은사로부터 오늘 유성이 떨어진다는 이야기를 들었기 때문이다.

"각자 하늘을 보면서 소원을 하나씩 생각해."

"응? 왜?"

"그 소원을 들어줄 게 조금 있으면 나타날 테니까."

청호는 그렇게 말하고 입을 다물었다.

'둘 중 무슨 소원을 빌까?'

청월은 하늘을 보며 고민했다.

그가 지금 바라는 것은 딱 두 가지뿐이었다. 하나는 까만 점을 보이지 않게 해달라는 것이고, 다른 하나는 할머니가 아프지 않게 해달라는 것이다.

세 형제가 동상이몽에 빠진 사이, 저 멀리 서쪽 하늘에서 밝은 빛이 떨어졌다. 그 빛은 주변의 그 어떠한 별보다도 눈부시게 밝았다.

"어? 형, 저기 봐!"

"유성이 떨어진다! 다들 빨리 소원을 빌어!"

청호가 다급하게 소리쳤다.

형제들은 각자 두 손을 모으고 생각에 잠겼다. 유성이 찰나에 지나가긴 했지만 소원을 빌기엔 충분한 시간이었다.

"형이 우릴 부른 게 유성 때문이었구나."

청월이 먼저 말을 꺼냈다.

처음 본 유성은 그야말로 신기하기 그지없었다. 할 수만 있다면 그림으로라도 남기고 싶을 정도였다.

"맞았어. 원래 유성은 살면서 한 번도 보기 힘든 거래."

"그렇게 대단한 거였어? 하여간 오늘은 운이 좋은 날이네."

청호가 피식 웃으며 청월의 어깨를 건드렸다.

"야, 넌 무슨 소원 빌었냐?"

"나는… 안 가르쳐 줄 거야. 메롱."

청월이 길게 혀를 뺐다. 소원을 빌고 나니 왠지 마음이 후련해졌다.

"쳇, 싱겁기는. 그럼 나도 안 가르쳐 줄 거다."

두 사람은 서로를 보며 고개를 팽 돌렸다.

"시간이 늦었다. 빨리 돌아가지 않으면 혼날 거야."

청호가 다시 앞장서서 하산하기 시작했다. 청풍과 청월

역시 그의 뒤를 쫓았다. 밤이 깊어가는 만큼 자연스럽게 발걸음도 빨라졌다.

'제 소원 꼭 들어주실 거죠? 그죠?'

청월은 하늘을 보며 다시 두 손을 꼭 모았다.

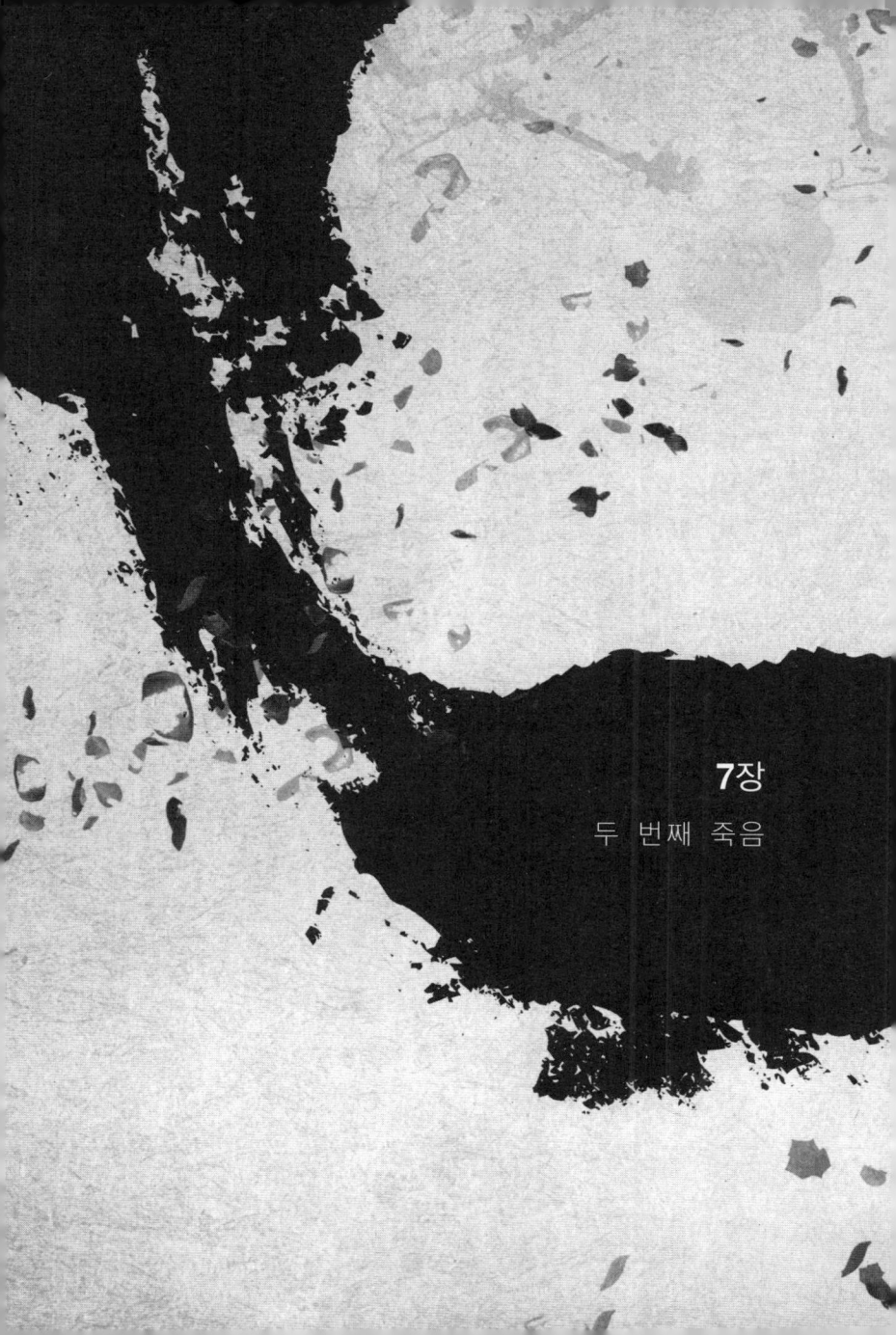

7장

두 번째 죽음

시간은 흐르고 흘렀다.

할머니의 병은 여전히 나을 기미가 없었다. 이제는 앉아
있는 시간보다 누워 있는 시간이 많았고 말을 하는 시간보
다 기침을 하는 시간이 길었다.

볼은 홀쭉해졌고 손목도 청월처럼 가늘어져만 갔다.

하루가 다르게 약해지는 할머니와 하루가 다르게 늘어가
는 까만 점.

그사이에서 청월은 필사적으로 몸부림을 쳤다.

"할머니, 제가 안마해 드릴게요."

"쿨럭쿨럭! 아니다. 됐어. 오늘만 해도 벌써 열 번이 넘게 했지 않느냐."

곽서화는 손을 내저어 청월을 말렸다.

청월은 힘이 날 때면 항상 그녀에게 안마를 했다. 그것도 설렁설렁하는 것이 아닌 이마에 땀이 맺히고 진이 빠질 때까지 계속했다.

손자가 곁에서 힘을 쓰는 것을 보고 곽서화는 한편으로는 고맙고 한편으로는 마음이 쓰렸다.

"아니에요. 나 하나도 안 힘들어요."

청월은 밝게 웃으며 안마를 시작했다.

그는 할머니의 팔과 다리를 주무른 뒤 마지막으로 머리를 손가락 끝으로 꾹꾹 눌렀다. 손에 익어서 그런지 모든 동작이 물 흐르듯 자연스러웠다.

"그러고 보니 내일이면 우리 강아지 생일이구나."

"네."

"특별히 갖고 싶은 건 없니? 하인을 시켜서 사다 주마."

"괜찮아요. 나는 할머니랑 있는 게 제일 좋아요."

청월이 웃으며 대답했다.

그것은 빈말이 아니라 가슴 깊숙한 곳에서 우러나오는 진심이었다. 이를 알고 있는 곽서화는 순간 가슴이 찡해졌다.

"청월아."

"네."

"조금 있으면 의원님이 올 거다. 둘이 하고 싶은 말이 있으니 잠깐 자리를 비켜주겠니?"

"왜요? 할머니랑 같이 있으면 안 돼요?"

청월이 눈을 동그랗게 뜨고 물었다. 할머니 곁을 떠나고 싶지 않았다.

왼쪽 눈으로 본 할머니의 상태가 그야말로 심각했기 때문이다.

이제 그녀의 몸은 까만 점에 완전히 잠식되었다.

남은 공간이라곤 오직 가슴 쪽에 있는 검지 크기만 한 공간뿐이다.

그가 없는 사이 까만 점이 그 공간마저 차지하게 된다면 어떻게 될까.

그 생각을 하니 가슴이 서늘해졌다.

"할머니의 부탁이다. 딱 한 시진만 시간을 주렴."

"…네."

청월은 힘없이 대답하며 방을 나갔다.

딱히 할 일이 없었기에 문과 주변을 한 바퀴 돌았다.

아마 다른 때의 그라면 생일이 하루 남았다고 난리를 치고 돌아다녔을 것이다.

하인들이나 무사에게 축하 인사도 미리 받고 사탕이나 먹을 것도 조금씩 챙겼으리라.

하지만 할머니의 병환 때문에 생일 기분이 나지 않았다.

"비가 올까?"

청월의 시선이 하늘로 향했다.

잿빛 하늘은 한껏 인상을 구긴 상태였고 축축한 바람이 몸을 감쌌다.

그는 청천정 앞에 멈춰 선 뒤 돌멩이를 집어 들었다.

슈우우우욱.

돌이 호수 표면을 통통 튀며 전진했다.

주변으로 번지는 물보라가 왠지 시원해 보였다. 청월은 한참 동안 물수제비로 기분을 달랬다.

그렇게 한 식경이 지났을까.

"야, 뭐하냐?"

돌아보니 청풍이 히죽히죽 웃으며 서 있었다.

"어? 형이 여긴 웬일이야?"

"그냥 돌아다니는 거지. 근데 너 요새 청천정에 자주 온다?"

"응. 혼자 있을 데가 없어."

청월이 풀 죽은 목소리로 답했다.

동생의 힘없는 모습에 청풍은 의외라는 듯 어깨를 으쓱
했다.

　원래 청월은 생일 전낭에는 개선장군 못지않은 기운을
뿜어내곤 했다.

　"왜 그렇게 힘이 없어?"

　"할머니가 계속 아프니까 나도 아파."

　"너무 걱정하지 마. 할머니도 금세 기운을 찾으실 거
야."

　"형이 그걸 어떻게 알아?"

　갑작스러운 질문이었지만 청풍은 당황하지 않았다. 그는
자신 있는 얼굴로 동생의 어깨에 손을 얹었다.

　"너 유성이 떨어지던 날 무슨 소원 빌었어?"

　"말해도 돼? 그러면 소원이 안 이뤄지는 거 아니야?"

　"상관없어. 나는 큰형 소원이 뭔지도 알고 있어."

　청풍의 대답에 청월이 잠시 머뭇거렸다.

　"할머니를 건강하게 해달라고 빌었어."

　"너다운 소원이네. 근데 걱정 마. 네 소원도 조만간 이뤄
질 거야."

　"그게 무슨 소리야?"

　"난 이미 소원이 이뤄졌거든."

　청풍이 팔짱을 낀 채로 거만하게 말했다. 유성이 떨어지

던 날 그가 빈 소원은 하나였다. 목검 수련을 끝내고 진검 수련을 하고 싶다는 것이었다.

그런데 그 소원이 바로 오늘 아침에 이루어졌다.

청풍이 수련하던 것을 보던 백호단주가 이제 진검을 써도 좋다고 했기 때문이다.

그때를 떠올리면 아직도 가슴이 짜릿했다.

"그럼 큰형도 소원이 이뤄졌어?"

"응. 형은 화산파에 가고 싶다고 했는데 곧 화산에 갈 거야. 화산에서 우리 표국하고 하고 싶은 이야기가 있대."

"둘 다 부러워."

청월은 형들이 잘돼서 기쁘기도 또한 슬프기도 했다. 어째서 유성은 그의 소원만 쏙 빼놓고 형들의 소원만 들어주었을까. 혹시 청월의 소원만 못 듣고 사라진 걸까.

그런 생각을 하니 다시금 우울해졌다.

"너무 나쁘게 생각하지 마."

청풍이 그의 어깨를 두드리며 말했다.

"내일은 네 생일이잖아. 아마 유성이 네 소원은 내일 들어주려고 하는 걸 거야."

"정말?"

"당연하지. 내가 약속할게."

두 사람은 약지를 굳게 걸었다.

잠시 침묵이 이어지는 가운데 청풍이 허리춤에서 검을
빼 건넸다.

그동안 그가 신주처럼 모시던 목검이다.

"자, 생일 선물."

"나한테 줘도 되는 거야?"

청월의 눈이 토끼눈처럼 휘둥그레졌다.

청풍이 검을 어떻게 다뤄왔는지를 잘 알기 때문이다.

그는 잘 때도 목검을 끌어안고 잘 정도로 소중하게 생각
했다.

"진검을 쓸 거니까 이젠 필요 없어."

"…그럼 받을게."

"그래. 검술 연습 열심히 하고 나중에 나랑 비무도 하
자."

"응."

청월은 목검을 받아 든 뒤 환하게 웃었다.

청풍은 볼일이 있다며 곧 자리를 떴고, 청월은 혼자 목검
을 휘두르기 시작했다.

휘이이이익!

검을 놀릴 때마다 바람이 시원하게 갈라졌다. 그 느낌이
좋아서 쉽게 검을 놓을 수가 없었다.

게다가 검을 쓰고 있으면 걱정과 근심이 씻은 듯이 날아

갔다.

청월은 어느새 검을 휘두르는 데 흠뻑 빠지고 말았다.

"후아, 힘들다."

그는 정자에 앉아 잠시 숨을 골랐다.

얼마나 검을 썼는지 손목이 시큰거리고 팔이 후들거렸다. 하지만 그러한 통증조차 왠지 모를 기쁨으로 다가왔다.

이것으로 형들에게 한 걸음 가까이 접근했다는 기분이 들었다.

"아, 맞다. 할머니한테 가야 되는데."

휴식을 취하던 청월이 벌떡 몸을 일으켰다. 목검을 쓰다 보니 할머니의 일을 새까맣게 잊고 말았다. 지금쯤이면 약속했던 반 시진이 훌쩍 지났을 것이다.

그는 할머니의 가옥을 향해 열심히 달려갔다.

"할머니, 나 왔어요."

"아이고, 우리 강아지. 시간도 잘 맞춰 왔네."

할머니는 환한 미소로 청월을 맞았다.

얼굴에는 왠지 모르게 화색이 돌았으며 몸을 움직이는 것도 평소보다 기운차 보였다.

본래 청월의 기억 속에 있는 할머니의 모습이었다.

"혜혜, 형한테 생일 선물 받아서 놀고 있었어요."

"어디 보자. 멋진 목검을 받았구나."

"네, 앞으로 열심히 연습해서 멋진 무사가 될래요."

청월은 목검을 내려놓은 뒤 시원하게 물을 들이켰다. 그리고 탁한 회색 눈으로 힐끗 할머니를 살폈다.

이명이 울리면서 남들이 보지 못하는 세계가 펼쳐지기 시작했다.

그가 없는 사이 무슨 일이 벌어진 걸까.

할머니의 몸에 있던 까만 점이 상당수가 줄어들었다.

더불어 새하얀 공간이 두세 배로 공간을 넓혔다. 불길한 징조가 다소 줄어든 것이다.

청월은 하마터면 기쁨에 하늘로 손을 치켜들 뻔했다.

"할머니, 오늘은 몸이 덜 아파요?"

"그래, 이상하게도 오늘은 힘이 넘치는구나. 그동안 못 들려준 옛날이야기를 풀어볼까?"

"네, 네."

청월이 밝게 웃으며 대답했다.

기뻤다. 할머니가 기운을 차린 것이 너무나 기뻤다. 역시 둘째 형의 말이 옳았다. 유성은 그의 소원을 잊지 않고 있었던 것이다.

"자, 할머니 옆으로 오렴. 화과자도 챙겨왔으니까 같이 먹자꾸나."

청월은 힘껏 고개를 끄덕인 뒤 할머니의 곁에 앉았다. 이

육고 화과자가 달콤하게 부서지고 할머니의 옛이야기가 시냇물처럼 졸졸거리며 흘렀다.

눈과 귀와 입이 모두 즐거운 시간이 지나고 있었다.

*   *   *

그날 저녁.

곽서화는 청월과 식사를 마친 뒤 방에 나란히 앉았다.

창르로는 푸른 달빛이 쏟아졌으며 밤벌레 소리가 적적함을 달래주었다.

별다른 말을 하지 않아도 그 자체로 행복한 순간이었다.

오늘 하루는 그녀에게 무척이나 뜻 깊었다.

오랜만에 기운을 차리기도 했고 손자의 재롱도 마음껏 누릴 수 있었다. 덕분에 살아 있다는 감각을 온몸으로 흠뻑 느꼈다.

"청월아."

"네, 할머니."

"눈에 점들이 아직도 보이는 거니?"

참으로 오랜만에 들어보는 질문이다. 까만 점을 본 지도 어언 한 달이 지났다. 이제 가족들은 그의 눈을 대수롭지 않게 여기고 있었다.

청월이 망설이자 곽서화는 가만히 그의 등을 두들겼다.

"솔직히 말해주렴."

"…네, 아직도 보여요."

"그렇구나."

곽서화의 대답은 담담했다.

두 사람은 한동안 서로에게 기댄 채 체온을 나누었다. 말 없이 정을 나누는 것만으로도 시간은 꿀처럼 달콤했다. 오랜 침묵을 깬 것은 곽서화였다.

"청월아, 그런 생각해 본 적이 있니?"

"무슨 생각이요?"

"하늘이 어째서 이렇게 까만 점이 보이는 눈을 주었을까 하는 생각 말이다."

"…잘 모르겠어요."

청월이 힘없이 고개를 저었다.

점이 보이는 눈은 성가시기 그지없었다.

박박 문질러서 점들을 없앨 수 있다면 참 좋겠다는 생각도 여러 번 했다.

"옛 시조에 그런 말이 있단다. 천생아재필유용(天生我材必有用)이라는 말이지."

"저 그게 무슨 뜻인지 알아요. 하늘이 나를 낳았으니 반드시 쓰임이 있다는 말이에요."

청월이 금세 밝은 모습으로 답했다.

손자가 아는 체를 하는 것을 보니 저도 모르게 웃음이 터졌다. 그녀는 청월의 머리를 쓸어주며 입을 열었다.

"똑똑하기도 해라. 그럼그럼, 우리 청월이 말이 맞지."

그녀는 기침을 한 뒤 말을 이었다.

"가만히 생각해 보면 우리 강아지가 그런 눈을 가지게 된 것도 이유가 있을 거야. 그러니까 그 눈을 두려워하면 안 돼. 항상 당당하게 눈을 뜨렴. 그 눈의 의미와 가치를 깨닫게 되면 분명 청월이는 훌륭한 사람이 될 거야."

"네, 명심할게요."

"근데 우리 강아지, 졸리니?"

곽서화가 피식 웃으며 물었다.

저녁을 먹은 직후라서 그런지 청월이 고개를 꾸벅꾸벅한다. 눈만 감으면 곧바로 잠에 빠질 듯했다.

"오늘은 조금 일찍 자볼까?"

그녀는 이불을 깐 뒤 불을 껐다.

청월은 곧 그녀의 품에서 새근새근 잠이 들었다. 달빛에 드러난 얼굴에는 환한 미소가 걸려 있다. 그렇게 손자를 보는 것만으로도 마음이 따뜻해졌다.

이 시간을 조금만 더 누릴 수 있으면 좋으련만.

'자, 마무리를 지어보자.'

곽서화는 청월의 백회혈에 손을 얹었다. 이윽고 그녀의 손에서 뜨거운 기운이 흘렀다. 선천진기를 사용하는 만큼 그 파동은 파도처럼 거셌다.

청월을 벌모세수시키는 작업은 오늘로 마지막이 될 것이다.

이제 천통혈만 뚫는다면 혈맥은 완벽하게 개통된다. 무공을 익히는 체질로만 보면 무림에 그 누구도 뒤지지 않는 조건이 갖춰지는 것이다.

그 넓은 그릇에 무엇을 채울지는 그녀가 아닌 청월의 숙명이다.

'으으윽. 통증이……'

곽서화는 얼굴을 찌푸리며 가슴을 움켜쥐었다. 만룡방이 놓은 침의 효과가 다된 모양이다. 침술의 효과가 무너지면서 통증이 파도처럼 몰려들었다.

누군가가 손으로 심장을 쥐어짜는 듯했다.

심장의 통증이 전신으로 퍼져가면서 곧 손가락 하나도 까딱할 수 없는 상태가 되었다.

그녀는 숨을 몰아쉬며 간신히 의식의 끈을 붙잡았다.

오늘만큼은, 적어도 오늘만큼은 절대로 아픔에 무너질 수 없었다.

'됐다.'

곽서화의 얼굴에 작은 미소가 피어올랐다.

청월의 육체에 완전한 진기가 흐르기 시작한 것이다. 그의 몸은 이제 호흡 없이도 피부로 진기를 축척할 수 있게 되리라.

'아직은… 한 가지가… 더 남았어.'

청월을 조심스럽게 밀어내고 방을 빠져나왔다. 그녀를 가장 먼저 반긴 것은 넉넉한 빛을 뿌리는 보름달이었다.

그녀는 벽에 기댄 채 작은 주머니를 꺼냈다.

주머니에는 들어 있는 것은 작은 도(刀)와 미완성의 염주, 그리고 오동나무 조각이었다.

"오늘 안에는 마무리를 지어야지."

그녀는 입술을 꽉 깨물고 통증을 이겨냈다. 그리고 천천히 오동나무 조각을 깎기 시작했다.

그녀가 준비하고 있는 것은 생(生) 자가 알알이 박힌 염주 팔찌였다.

그것은 손수 준비한 청월의 생일 선물이었다.

곽서화는 지난 이 주일간 청월을 재우고 밤새 팔찌를 만들어왔다.

낮에는 청월이 곁에 있어서 작업에 집중할 수 없었기 때문이다.

"조금밖에 안 남았어. 이제 조금밖에……."

이마에 구슬땀이 맺혔다.

흉통을 참아내면서 나무를 깎는 일은 결코 쉬운 일이 아니었다. 그녀는 가히 절정의 인내력을 발휘하며 작업을 해나갔다.

청월에게 줄 편지는 이미 써놓았고 염주만 완성하면 모든 게 끝이다.

이제 생일 선물을 받고 기뻐할 손자를 보는 일만 남았다.

"으으으윽."

통증이 다시 한 번 몰아쳤다. 하지만 이번 아픔은 전에 비해 더욱 흉포했다. 그녀는 과도를 놓치고 마룻바닥에 쓰러졌다.

숨을 쉬기조차 힘들었다. 머릿속은 백지처럼 하얗게 변했다.

그녀는 본능적으로 느꼈다.

사신(死神)이 그녀를 향해 손을 내밀고 있음을.

"너무… 하신 것 아… 닙니까? 손주의… 생일은 볼 수 있게 해주셔야……."

곽서화는 새까만 하늘을 원망스럽게 쳐다보았다.

어째서 가장 중요한 날을 하루 앞두고 이런 일을 겪어야 한단 말인가.

적어도 손자의 생일만큼은 지킬 수 있도록 해주어야 하는 것이 아닌가.

세 번째로 몰려드는 흉통.

가슴을 쥐어짜는 아픔에 바닥을 뒹굴었다. 혼자 있었다면 소리라도 지르며 참았을지 모른다.

하지만 자고 있는 손자를 생각하니 입조차 열 수 없었다.

쓰러진 그녀를 보면 청월이 얼마나 놀라겠는가.

손자가 곁에서 우는 모습은 결코 보고 싶지 않았다.

"으으윽."

곽서화는 손을 부들부들 떨며 염주에 손을 뻗었다.

염주는 반드시 완성해야만 했다.

또랑또랑한 눈매로 선물을 기대하는 그를 생각하니 가슴이 아팠다.

실망하는 손자를 보느니 차라리 심장이 터져 버리는 게 나을 것이다.

그녀는 안간힘을 써서 염주를 실에 매달고 매듭을 지었다. 죽음이 닥치기 직전 마지막 과업을 완수한 것이다.

'아아, 이젠……'

그녀는 눈을 감은 채 눈꺼풀을 파르르 떨었다. 온몸이 싸늘하게 식고 있었다. 전신의 감각도 이젠 먼 나라의 이야기처럼 느껴졌다.

"우리 강아지… 생일 축하… 한다."

곽서화는 방을 보며 간신히 입을 뗐다.

그것이 그녀가 세상에 남긴 마지막 말이 되었다.

8장

소년의 비밀

　좌아아아아!

　시원한 빗소리가 지면을 때린다.

　슬며시 열린 창틀 사이에선 비가 섞인 바람이 불어왔다.

　청월은 쌀쌀한 기운을 느끼며 눈을 떴다. 찬 기운에 깨기는 했지만 잠은 푹 잤다.

　어제 즐거운 시간을 보내서 그런지 아주 달콤한 꿈을 꾸었다.

　"어라? 어디 가셨지?"

　청월은 졸린 눈을 비비며 몸을 일으켰다.

곁에 있어야 할 할머니가 보이지 않았다.

이른 아침이라 특별히 나갈 곳도 없었다. 게다가 밖에는 추적추적 비가 내리고 있다.

할머니의 빈자리를 응시하던 청월.

그는 곧 입가에 작은 미소를 지었다.

오늘이 무슨 날인지 떠올랐기 때문이다. 오늘은 바로 그의 여덟 번째 생일이다.

할머니는 아마 몰래 숨겨놓은 생일 선물을 가지러 갔을 것이다.

"헤헤, 그런 거구나."

청월은 작게 고개를 끄덕였다.

비가 오는 것이 조금 거슬렸지만 모든 것이 만족스러웠다. 어제는 둘째 형에게 목검을 받았고 할머니도 전에 비해 건강을 찾은 듯했다.

아마 생일 준비도 차근차근 되고 있을 것이다.

한 가지 걸리는 점이라면 계속 비가 내린다는 것이다.

"금방 그치겠지, 뭐."

청월은 좋게 생각했다.

생일이라서 그런지 온몸에 힘도 넘쳤다. 오늘만큼은 그가 문파의 주인공이니까 말이다.

그는 열린 창을 닫고 세면을 했다.

날이 날이니만큼 평소 닦지 않던 귀밑과 목 언저리도 열심히 씻었다.

"왜 이리 안 오시지? 혹시 무슨 일이 생긴 걸까?"

청월은 방문을 보며 고개를 갸웃했다. 깨어난 지 한 식경이 됐건만 할머니는 돌아올지 않았다. 그 공백이 길어지니 불안감이 스멀스멀 닥쳤다.

드르르르륵.

청월은 문을 열고 밖으로 나왔다.

그 순간 몸이 돌덩이처럼 딱딱하게 굳고 말았다. 시선이 한곳에 집중되어 떠날 줄을 몰랐다.

할머니가 쓰러져 있다.

그녀는 가슴을 움켜쥔 채로 바닥에 누워 있다. 불안한 건 실낱같은 미동도 없다는 점이다. 청월은 바람처럼 그녀의 곁으로 다가갔다.

"할머니! 할머니!"

소리쳐 불렀지만 대답이 없다. 그러고 보니 몸이 차갑고 목석처럼 딱딱했다. 평소의 온기조차 전혀 느낄 수 없었다.

불안했다.

두렵고 소름이 끼쳤다.

머릿속에 떠오르는 단어를 지우기 위해 청월은 필사적으로 고개를 저었다.

"할머니, 일어나세요!"

목소리가 더욱 다급해졌다.

청월은 무언가에 쫓기듯 할머니의 몸을 흔들었다. 그는 스스로 확인하고 싶었다. 할머니는 잠시 정신을 잃은 것뿐이라고.

"할머니, 할머니, 제발요!"

청월은 애타게 할머니를 불렀다.

그녀의 절실한 외침에도 그녀는 도무지 눈을 뜰 기미를 보이지 않았다.

"…공자님, 어떻게 되신 겁니까?"

지나가던 하인이 청월을 발견하고 눈을 동그랗게 떴다. 그의 곁에 곽서화가 쓰러져 있었기 때문이다.

"몰라. 어떡해. 할머니가 눈을 안 떠."

"기다리세요. 금방 어른들을 모셔 오겠습니다."

하인이 후다닥 자리를 피했다.

그사이에도 청월은 끊임없이 할머니를 불렀다. 할머니가 없는 생일이란 아무런 의미가 없었다. 계속된 부름으로 인해 청월은 거의 탈진할 지경이 되었다.

"그럼 설마?"

청월은 이마의 땀을 닦으며 반쯤 감았던 눈을 떴다. 이제 그가 기댈 수 있는 건 이 왼쪽 눈밖에 없었다.

위이이이이이이잉.

기묘한 이명과 함께 시계(視界)가 변해갔다.

색을 잃어가는 풍경 속에 청월은 확인할 수 있었다. 할머니의 몸 안에 생긴 기이한 광경을.

빽빽했다.

까만 점들이 **빽빽**했다.

할머니의 몸속에는 빈공간이 손톱만큼도 남아 있질 않았다. 그것을 채우고 있는 것은 물론 까만 점들이었다.

이제 할머니는 완전히 까만 점 그 자체라고 봐도 무방했다. 이 광경은 분명 언젠가 본 적이 있다.

친구인 만청이가 마차에 치인 후와 할머니의 모습이 정확히 일치했다.

"싫어. 이건… 싫어!"

청월은 비명을 지르며 의식을 잃었다.

*   *   *

신풍문은 고요했다.

식솔들과 무사들은 굳게 입을 다물었으며 행여 발소리라도 날까 조심했다.

활력이 넘치던 평소의 모습은 온데간데없고 오로지 정적

만이 흘렀다.

문파 입구에는 희뿌연 빛을 뿌리는 조등(弔燈)이 걸렸다. 유족과 문상객들이 한차례 몰려간 후 문파의 분위기는 더욱 싸늘해졌다.

빈소에는 청월을 제외한 신풍문의 가족들이 모두 모여 있다. 그들은 모두 까만 상복을 입고 향로 옆에 나란히 앉아 있었다.

향이 타오르면서 푸른빛 연기가 아지랑이처럼 아른거렸다.

'어머니.'

청문일은 무거운 가슴으로 영정을 응시했다.

영정에 있는 곽서화는 그를 향해 환한 미소를 짓고 있었다.

영원할 것 같던 그 미소도 이제는 저 그림을 통해서만 볼 수 있게 되었다.

가슴이 아렸다.

아버지가 돌아가시고 이젠 어머니마저 돌아가셨다. 알게 모르게 마음의 기둥이 되었던 부모님이 모두 세상을 떠난 것이다.

언젠가 들은 말이 떠올랐다.

자식은 본래 부모를 떠나보내고 나서야 진정한 어른이

된다고.

예전에는 코웃음을 쳤던 말이지만 지금은 그 뜻을 이해할 수 있었다.

그는 잠시 빈소를 떠나 밖으로 나왔다.

"문주님, 잠시라도 눈을 붙이는 것이 어떠십니까?"

백호단주 용문상이 곁으로 따라붙었다.

그는 걱정스런 표정으로 청문일을 응시했다.

장례가 진행되는 닷새 내내 그는 빈소를 지키고 있었다.

아무리 고수라 해도 심적 부담과 육체적인 부담이 겹치면 피로를 느끼게 마련이다.

"됐네. 이상하게도 전혀 졸리지가 않네."

청문일이 허허로운 표정으로 말을 이었다.

"그런데 이상하게도 딱 하나만큼은 참을 수가 없군."

"그게 무엇입니까?"

"담배일세."

청문일이 담담하게 답했다.

그는 이십 년 전만 해도 담배를 입에 달고 살았다.

그곳에 몸담았을 때는 몸에서 혈향이 가실 날이 없었기 때문이다. 그래서 이를 지우고자 담배를 피우기 시작했다.

"괜찮으시겠습니까?"

용문상이 조심스럽게 물었다.

담배를 피운다는 것은 단순한 일이지만 그 속에 담긴 의미는 복잡하고 무거웠다. 그와 수십 년 함께한 용문상은 그 의미를 잘 알았다.

"딱 오늘만이네. 오늘만. 내 스스로 정한 금제는 깨지 않을 것이니까."

"알겠습니다."

용문상은 곰방대와 잎을 얻어 청문일에게 건넸다. 청문일은 곧장 잎을 태우며 구름처럼 하얀 연기를 뿜어냈다.

오랜만에 피워서 그런지 기침이 터졌다.

술을 한 사발은 들이켠 것처럼 머리도 어지러워졌다. 확실히 지금의 그는 예전의 그와 완전히 달랐다.

"더럽게 맛없군. 다시 피우고 싶지 않아."

청문일은 허허롭게 웃으며 화제를 돌렸다.

"그런데 청월이는 아직도 그 상태인가?"

"네, 방에서 꼼짝도 하지 않습니다. 울다가 쓰러져 자는 걸 반복하고 있습니다."

"곁에는 누가 있지?"

"덕구라는 하인이 항상 붙어 있습니다."

용문상의 말에 청문일은 그저 한숨을 내뱉었다.

어머니의 죽음은 분명 어린 가슴에 큰 상처가 됐을 것이다.

믿고 따르던 할머니가 세상을 떠났다. 그것도 다른 때가 아닌 그의 생일 당일에 말이다.

청월이 아픔을 극복하는 데는 꽤나 긴 시간이 필요할 것이다.

"당분간은 내버려 두는 게 좋겠어."

"저도 같은 생각입니다."

두 사람은 한동안 찌푸린 하늘을 응시했다. 비는 여전히 그칠 줄을 몰랐다.

*   *   *

한 점의 빛도 들지 않는 방.

청월은 두 다리를 끌어안고 앉아 있었다.

한없이 쏟아낸 눈물로 인해 두 눈은 퉁퉁 부어 있고 볼에는 닦지 않은 눈물 자국이 어지럽게 번져 있다. 입술은 갈라진 논바닥처럼 바짝 말라 있다.

그는 어둠과 동화한 채 긴 침묵을 지켰다.

"공자님, 이제 그만 밖으로 나오셔요."

덕구가 애타게 청월을 찾았다.

청월은 닷새 동안 거의 아무것도 먹지 않았다. 목이 마를 때 물을 조금 마신 것과 식은 죽 한 그릇 비웠을 뿐이다.

이대로 가다간 몸이 축나서 병이 나고 말 것이다.

"최소한 식사는 하셔야죠."

"……."

"그럼 일단 문 앞에 음식을 두겠습니다."

덕구는 그 말을 끝으로 아무런 말도 하지 않았다. 청월이 대답하지 않을 것을 알기 때문이다.

지금 그가 할 수 있는 건 청월을 곁에서 지켜보는 것뿐이었다.

'아무도 몰라. 내 마음은.'

청월은 두 다리 사이로 깊게 얼굴을 묻었다.

그는 아직도 할머니가 세상을 떠났다는 게 믿기지 않았다.

할머니는 분명 며칠 전만 해도 그에게 옛날이야기를 들려주었다.

따스한 미소도 지어주었으며 자기 전에는 토닥토닥 등을 두들겨 주기도 했다.

그런 할머니가 하루아침에 돌아가셨다.

그녀는 이제 방이 아니라 차가운 관에 누워 있다.

할머니가 죽었다는 것을 안 청월은 모든 것을 잃은 기분이 들었다.

어떤 음식을 먹어도 맛이 없었고 무엇을 봐도 즐겁지가

않았다.

"할머니."

청월이 힘없이 중얼거렸다.

그의 시선이 한동안 작은 종이에 머물렀다.

그것은 할머니가 손수 적은 생일 편지였다. 이미 수십 번도 넘게 읽었기에 그 내용은 보지 않고도 떠올릴 수 있었다.

편지 위에는 생(生) 자가 알알이 박힌 염주가 놓여 있다. 할머니가 그를 위해 준비한 생일 선물이었다. 하지만 청월은 염주를 쉽사리 팔에 찰 수 없었다.

염주를 차면 할머니가 떠났다는 것을 인정하는 것 같았기 때문이다.

청월은 편지와 염주를 보이지 않는 곳으로 치웠다.

할머니가 남긴 물건을 보니 다시금 눈물이 터질 것만 같았다.

'바보. 나는 완전 바보야.'

그는 자신도 모르게 입술을 꼬옥 깨물었다.

청월은 이제야 알 수 있었다.

자신이 보고 있는 것이 무엇인지, 또한 왼쪽 눈에 보이는 까만 점의 의미가 무엇인지를 말이다.

'왜 내게 이런 눈을 준 거야?'

청월은 방 안의 어둠을 노려보았다.

미웠다.

그에게 이상한 능력을 준 하늘도, 소원을 들어주지 않고 도망쳐 버린 유성도 미웠다. 세상의 모든 것이 다 자신의 적인 것만 같았다.

할머니마저 없으니 서러움은 더욱 깊어만 갔다.

능력을 말해봤자 세상에 그 누구도 믿어주지 않으리라.

주르르르륵.

다시 눈물이 흘렀다.

몇 번째인지도 모를 눈물이 볼을 적시며 흘러내렸다. 청월은 흐느끼며 다리를 더욱 꼬옥 끌어안았다.

얼마나 시간이 흘렀을까.

속이 타들어가는 고통이 시작되었다.

청월은 자신도 모르게 배를 움켜쥐고 얼굴을 구겼다. 오랫동안 끼니를 걸러서 그런지 아픔은 갈수록 깊어져만 갔다.

"조금만… 먹자."

청월은 방에 틀어박힌 이래 처음으로 밖으로 나왔다. 장마 때문에 날이 어두웠음에도 바깥이 무척이나 밝게 느껴졌다.

문 앞에는 차갑게 식은 죽 한 그릇이 놓여 있었다.

그는 수저를 들고 죽을 한 숟가락 떴다.

소금 간밖에 하지 않은 죽이지만 맛있었다. 본래는 조금만 손댈 생각이었는데 먹다 보니 어느새 그릇이 텅텅 비었다.

배가 차니 몸에서 힘이 솟는 듯했다.

"나온 김에 할머니도 볼까?"

고민하던 청월은 곧장 빈소를 찾았다.

관에 누운 할머니를 보면 또 울음이 터질 것이다. 하지만 그래도 할머니가 그리운 것은 어쩔 수 없었다.

"어라? 이건……."

청월은 화들짝 놀랐다.

빈소가 텅텅 비어 있다. 부모님과 형들도 없었으며 할머니가 누워 계신 관도 없다. 그는 어찌할 줄을 몰라서 멍하니 돌처럼 굳고 말았다.

"공자님, 몸은 좀 괜찮으십니까?"

빈소를 지나가던 하인이 물었었다. 그의 얼굴에는 청월에 대한 연민이 진득하게 묻어나고 있었다.

"근데 할머니하고 다들 어디 갔어?"

"운구식이 있어서 문파를 나가셨습니다."

"운구라니? 그게 무슨 뜻이야?"

"그… 돌아가신 분을 묻기 위해 이동하셨다는 뜻입니다."

하인의 대답에 청월은 머리를 얻어맞은 것 같은 기분을 맛보았다. 기껏 방을 나왔건만 할머니를 볼 수 없다니.

"그럼 할머니는 여기 없어?"

"그렇습니다."

"말해줘. 다들 어디로 갔는지."

청월은 운구 경로를 들은 뒤 바람처럼 문파를 나섰다.

장대비가 사정없이 몸을 때리고 발이 엉켜 넘어졌지만 개의치 않았다. 지금은 그 무엇보다 할머니를 보는 것이 우선이었다.

한참을 달리던 청월은 야산 초입부에 도착했다.

다행히 수많은 사람의 발자국 흔적이 남아 있었다. 이를 쫓기만 하면 할머니를 볼 수 있는 것이다.

그는 다시 달리고 달렸다.

가슴이 터질 것 같았지만 참고 또 참았다.

지금 멈춰 선다면 영영 할머니를 보지 못할 것이다.

"다들 멈춰요!"

청월은 간신히 운구 행렬을 따라잡은 뒤 선두에 섰다. 그리고 양팔을 활짝 펼치고 대로를 막아섰다.

"저거 청월이 아니야?"

"꼴이 말이 아니네."

청호와 청풍이 청월을 알아보고 얼굴을 찌푸렸다. 문파

에 있어야 할 동생이 운구 행렬을 어떻게 알고 따라왔단 말인가.

"비켜라."

"안 돼요. 할머니를 돌려주세요."

청문일의 호통에도 청월은 복지부동이었다. 그는 여전히 팔을 벌린 채 길을 막아섰다.

"할머니가 있어야 할 곳은 집이에요. 그러니까 이상한 곳으로 옮기지 마세요."

"청월아, 할머니는 이미……."

백서현은 차마 말을 잇지 못했다.

아들의 표정이 금세라도 무너질 것 같았기 때문이다. 그녀를 비롯한 다른 이들 역시 청월을 보며 콧잔등이 시큰해졌다.

생을 다한 할머니를 보내고 싶지 않은 손자의 마음.

세상의 그 누가 이를 꾸짖을 수 있단 말인가.

청월로 인해 운구 행렬은 제자리를 지킬 수밖에 없었다. 빗소리가 지면을 때리는 가운데 그들은 조용한 전쟁을 벌였다.

"청월이를 부탁하네."

"알겠습니다."

무사 한 명이 터벅터벅 거리를 좁혔다.

그는 저항하는 청월은 양손으로 끌어안았다. 공자의 슬픔은 알고 있지만 떠난 사람은 보내야 한다. 그는 청월을 안은 채로 문파로 복귀했다.

"안 돼! 난 못 가!"

청월은 무사의 팔뚝을 깨물었다. 이로 인해 무사는 한순간 그를 놓치고 말았다. 청월은 그 틈을 타서 다시 행렬을 막아섰다.

"제발… 할머니를 데려가지 마세요."

"……."

"저는 할머니 없으면 못살 것 같아요."

청월은 행렬 앞에서 무릎을 꿇고 두 손을 모았다.

이번만큼은 청문일마저도 청월을 쫓아내지 못했다. 그의 눈가는 어느새 눈물로 인해 뿌옇게 변했다.

그런데 그때였다.

한 중년 남성이 터벅터벅 걸어 청월에게 향했다.

그는 다름 아닌 청월의 복을 점쳤던 태청 도사였다. 곽서화가 남긴 유언에 따라 그는 식을 진행하고 있었다.

"일어나."

태청 도사가 차가운 목소리로 말했다.

"그러면 할머니를 데려가지 않을 건가요?"

"일어나."

그는 무작정 일어나라는 말만 반복했다.

청월은 그제야 마지못해 몸을 일으켰다. 그가 일어서는 순간 짜아악 하는 맑은 소리가 주변으로 퍼졌다. 도사가 청월의 따귀를 힘껏 때린 것이다.

청월은 그 힘을 이기지 못하고 쓰러지고 말았다.

"어리광을 부리는 것도 적당히 해야지."

도사는 매서운 눈빛으로 청월을 쏘아보았다.

"네 할머니는 죽었다. 그걸 모르는 건가?"

"알아요. 하지만……."

청월은 힘겹게 몸을 일으키며 말을 이었다.

"난 앞으로도 계속 할머니가 보고 싶어요. 그러니까 이상한 곳으로 데려가지 마요."

"영민한 아이인 줄 알았더니 알고 보니 바보였군."

태청 도사의 얼굴에 싸늘한 미소가 어렸다. 그는 뒤에 선 사람들을 가리키며 말을 이었다.

"네 할머니가 죽어서 슬픈 건 너뿐만이 아니야. 저기 있는 사람들도 똑같이 슬프다. 너처럼."

"……."

"너와 저 사람들의 차이를 넌 아느냐?"

태청 도사의 말에 청월은 고개를 저었다. 그는 알지 못했다.

부모님과 형들은 어떻게 이렇게 매정하게 할머니를 떠나보낼 수 있는지를.

　"저기 있는 사람들은 모두 어른이기 때문이야. 진짜 어른은 소중한 사람이 죽으면 어떻게 하는 줄 알아?"

　태청 도사는 잠시 뜸을 들인 뒤 청월과 시선을 맞추었다. 소년이 동요하고 있는 것이 그에게 보였다.

　"어떻게 하는데요?"

　"몸은 땅에 묻고 소중한 추억은 가슴에 묻는 거야."

　"……."

　"세상에 영원한 건 없어. 네 할머니뿐만 아니라 네 부모님도, 형들도 언젠가는 죽어. 그러니까 힘들더라도 보내줘야 해."

　태청 도사는 그렇게 말한 뒤 행렬을 향해 손짓했다. 청월을 피해서 묏자리로 가라고 신호를 보낸 것이다.

　처음엔 망설이던 청문일이었지만 곧 천천히 움직이기 시작했다.

　"참아. 힘들어도 참아."

　그는 청월을 보며 단호하게 꾸짖었다.

　"이번에 또 나서면 넌 평생 어른이 되지 못할 거야. 네 할머니도 하늘에서 널 비웃을 거다."

　도사의 말에 청월이 돌처럼 딱딱하게 굳었다.

그는 고개를 떨군 채 몸을 부르르 떨었다. 빗물인지 눈물인지 모를 것이 얼굴에서 쉴 틈 없이 쏟아지고 있다.

할머니가, 할머니를 실은 관이 멀어져 갔다.

하지만 그는 아까와 달리 한 발자국도 땅에서 떼지 않았다.

운구 행렬이 사라진 뒤 태청 도사는 청월을 품에 꼬옥 안았다.

"잘했다. 잘했어."

도사가 등을 두드리자 서러움이 파도처럼 밀려왔다.

청월은 하염없이 울었다.

                    *   *   *

비는 멈추지 않았다.

장마가 찾아오면서 하늘은 먹을 바른 것처럼 새까맸다. 무심한 빗소리는 주변의 모든 소리를 집어삼킨 채 목청을 토해냈다.

청월은 혼자서 빗속을 걷고 있었다.

눈동자는 푹 꺼졌으며 새파란 입술에선 전혀 생기가 느껴지지 않았다.

우산을 쓰지 않아 온몸이 젖었지만 전혀 개의치 않는 모습이다.

그는 그저 하염없이 산줄기를 거슬러 올랐다.

얼마나 지났을까.

그가 묘비 앞에서 멈췄다. 최근에 생긴 묘비는 모서리가 날카로웠고 낡은 곳 없이 매끈했다.

청월은 한참 동안 묘를 바라본 뒤 두 번 절했다.

"죄송해요. 너무… 늦었죠?"

말을 함과 동시에 가슴에서 무언가가 울컥 솟구쳤다.

할머니가 떠난 지 일주일이 지났건만 아직 눈물이 가시질 않았다.

지금쯤이라면 울지 않고 할머니를 볼 수 있을 거라 생각했는데 그것은 착각이었다.

"할머니는 내가 웃는 거 좋아했잖아요. 그래서 웃을 수 있을 때 찾아오려고 했어요. 근데 그것도 잘 안 돼요."

그는 비석을 보며 한동안 침묵을 지켰다.

할머니에게 말할 시간을 준 것이다.

비록 듣지는 못할지라도 하늘에 있는 할머니는 무언가 말을 하고 있으리라.

때마침 바람이 불면서 주변의 나뭇가지가 춤을 추듯 흔들렸다.

청월은 무언가를 말할 듯하다가 입을 다물었다.

사실 할머니에게 해줄 말이 무척이나 많았다. 문파와 부모님과 형들, 그리고 자신의 이야기를 모두 합치면 아마 밤을 새워도 모자랄 것이다.

  하지만 청월은 끝끝내 입을 열지 않았다.

  편히 쉬고 있을 할머니에게 그런 부담을 주고 싶지는 않았다.

  "할머니, 이건 아직 아무한테도 말한 건데요, 할머니만 알고 계세요."

  청월은 주변을 살핀 뒤 천천히 말을 이었다.

  이 이야기는 오로지 그와 할머니만의 비밀이 되어야 했다.

  "나 이 눈으로 죽음을 봐요."

  반쯤 닫혔던 청월의 왼쪽 눈이 활짝 열렸다. 이윽고 이명과 함께 주변의 풍경이 기묘하게 뒤틀리기 시작했다.

  "내가 보고 있는 까만 점이 죽음이에요. 이 점이 몸에 꽉 차면 사람이 죽게 되요."

  청월은 그렇게 말한 뒤 입술을 꼭 깨물었다.

  가슴이 아팠다. 마치 눈에 대한 깨달음을 얻고 그 대가로 할머니를 잃은 것만 같은 기분이 들었다. 그렇다면 할머니가 죽은 것도 청월의 탓이다.

  "나… 흑흑, 아무것도 못했어요. 할머니가 죽어가는데…

아무것도 못했어요."

결국 참았던 슬픔이 터지고 말았다.

청월은 울부짖으며 바닥에 무릎을 꿇었다.

할머니를 구하지 못한 무력감이 다시금 몸을 휘감았다. 그녀의 죽음을 매 순간 보면서도 아무것도 하지 못했다.

"미안해요, 할머니. 정말 미안해요."

청월은 몇 번이고 그 말을 되뇌었다.

빗줄기가 굵어지는 가운데 소년의 슬픔도 더욱 깊어만 갔다.

9장

삶과 죽음의 경계에서

가을이 찾아왔다.

할머니가 세상을 떠난 지도 몇 달이 지났다.

산줄기는 모두 울긋불긋한 옷으로 갈아입었으며 보랏빛 방울꽃이 거리 곳곳에 얼굴을 내밀었다. 태양은 따스했으며 바람 또한 맑고 시원했다.

천고마비의 계절이 돌아온 것이다.

가을이 무르익어 가는 가운데 청월은 홀로 청각정에 섰다.

그의 시선은 오래도록 호수 표면에 고정되어 있었다.

그 모습은 물수제비를 뜨거나 연꽃을 보며 방실거리던 평소와는 전혀 달랐다.

그는 마치 세상에 초연한 노인이 그러하던 호수를 관조하고 있었다.

거기에 한 가지 더 특이한 점이 있었다.

그것은 바로 머리였다. 머리가 길게 늘어져 왼쪽 눈을 덮고 있었던 것이다.

"불편해."

청월은 머리를 매만지며 얼굴을 찌푸렸다. 머리를 길렀더니 시야가 가려지는 것도 불편했고 왠지 모르게 더운 느낌도 들었다.

하지만 이보다 좋은 방법은 찾을 수 없었다.

안대를 쓰는 것도 눈을 반쯤 뜨고 다니는 데도 한계가 있기 때문이다.

죽음을 보지 않는 가장 자연스러운 방법.

그것은 바로 머리를 길러 차단하는 것뿐이었다.

"청월아, 머리가 너무 길구나. 오늘 중으로 정리해야겠어."

한 달 전 식사 시간에 어머니는 그렇게 말했다.

청월의 더벅머리가 무척이나 답답하게 보였던 탓이다. 청월의 머리카락은 귀를 완전히 덮었으며 이마를 넘어 눈까지 가릴 지경이 되었다.

"어머님 말씀이 맞아. 너무 오래 안 잘랐다."

"사내는 원래 이마를 훤하게 드러내야 한다고."

어머니의 말에 두 형이 맞장구를 쳤다.

당장 거리를 나가도 청월만큼 머리를 기른 남자는 없었다. 설령 머리를 기른다고 해도 이마가 보이게 묶는 것이 보통이었다.

"저… 머리는 기르면 안 될까요?"

청월은 조심스럽게 말을 이었다.

"할머니가 나 머리 기르면 더 멋있어 보일 거라고 했는데."

그의 말에 가족들은 한동안 말문을 잇지 못했다.

청월에게서 어딘지 모르게 슬픈 기색이 느껴졌다. 조금이라도 더 건드린다면 울 것만 같았다.

"그래, 이번 기회에 길러보는 것도 나쁘진 않겠어."

"아버님이 허락하시니 그렇게 하려무나."

아버지의 대답에 어머니가 맞장구를 쳤다. 그 후부터 청월은 쭈욱 머리를 길러왔다.

만약 손볼 일이 있으며 짧게 자르지 않고 간단하게 숱만 쳤다.

"하아, 앞으로 왼쪽 눈은 영영 못 쓰는 걸까?"

청월은 크게 한숨을 내쉬었다.

죽음을 본다는 사실을 깨닫기 전 청월은 종종 왼쪽 눈을 사용했다.

부모님과 형제는 물론 친구와 할머니도 이 눈으로 응시하곤 했다.

하지만 지금은 도무지 그럴 수 없었다.

죽음을 본다는 사실은 불쾌하고 두렵기 짝이 없었다. 몸속에 꿈틀거리는 무수한 죽음을 보면 머리가 이상하게 돼 버릴 것만 같았다.

'게다가 저번에는⋯⋯.'

청월은 며칠 전의 일을 떠올리고는 몸을 부르르 떨었다.

기분을 전환하기 위해 찾았던 장터.

그곳에서 청월은 우연치 않게 갓난아이와 마주쳤다. 아이는 얼굴이 동글동글하고 웃는 모습이 무척이나 해맑았다.

청월은 아이를 본 순간 걸음을 멈췄다.

얼굴에는 어느새 꽃처럼 환한 미소가 걸렸다. 할머니를 떠나보낸 후 오랜만에 지어 보는 미소다.

"왜? 형아하고 놀고 싶어?"

어머니로 보이는 여인이 멈췄다. 아이가 청월에게 반응하는 것을 알아챈 것이다. 그녀 역시 빙긋이 웃으며 팔을 청월 쪽으로 뻗었다.

"아야, 아파."

청월은 웃으며 아이의 손을 잡았다. 아이가 허우적거리면서 머리카락을 잡아당긴 것이다. 하지만 바로 그 순간이었다.

왼쪽 눈이 정통으로 아이를 바라보게 되었다.

그간 사용하지 않았던 것에 억울함을 느꼈던 것일까. 매우 짧은 순간임에도 왼쪽 눈은 기어이 능력을 발휘했다.

시계가 바뀌면서 이명이 귀를 때렸다.

그의 눈은 어느새 아이의 몸에 내재된 죽음을 보게 되었다.

놀랍게도 이 갓난아이에게도 흑점이 있었다. 죽음과는 무관할 것 같은 아이에게도 죽음이 드리운 것이다.

까만 점들, 죽음은 마치 청월을 비웃기라도 하듯 아이의 몸속에서 헤엄치고 있었다.

"으아아아아악!"

청월은 자신도 모르게 비명을 질렀다.

두려웠다. 갓난아이부터 노인까지 모두에게 드리운 죽음이 두려웠다. 죽음은 언제고 몸집을 불려 생명을 먹어치울 것이다.

이를 피해 안심할 수 있는 순간이란 어디에도 존재할 수 없었다.

"으아아아앙!"

아이가 얼굴을 찌푸리며 울음을 터뜨렸다.

청월의 비명에 깜짝 놀란 것이다. 반면 어머니는 아이를 다독이느라 정신이 없었다.

"죄, 죄송해요."

청월은 도망치듯 장터를 벗어났다. 그리고 이후로는 단 한 번도 왼쪽 눈을 사용하지 않았다. 아니, 사용할 엄두조차 내지 못했다.

죽음을 본다는 것은 몸서리쳐질 만큼 끔찍한 일이었으니까.

이런저런 생각에 잠겨 있던 그는 곧 방으로 돌아갔다.

마당에선 덕구가 열심히 낙엽을 쓸고 있었다. 빗자루를 경쾌하게 움직이고 있고 자루는 벌써 낙엽으로 배가 잔뜩 불렀다.

"오셨습니까?"

"응."

청월의 대답에 덕구가 빗질을 멈췄다. 그의 얼굴에는 어느새 묘한 미소가 걸려 있었다.

"간식이라도 드시겠습니까?

"아니. 됐어."

"네? 정말이십니까?"

전혀 예상치 못한 답변이다. 덕구는 입을 쩌억 벌린 채로 청월을 응시했다.

평소의 청월은 간식이라면 사족을 못 썼다. 한때는 간식을 언제 먹는지 꼬치꼬치 물어볼 정도로 좋아했다. 그런데 그가 간식을 마다하고 있다.

하늘이 두 쪽 나지 않고는 있을 수 없는 일이다.

"공자님이 좋아하는 만두도 있습니다."

"괜찮아. 덕구가 나 대신 많이 먹어."

"진심이십니까?"

"그래."

청월의 목소리는 지극히 담담했다. 이에 덕구는 더욱 묘한 기분에 빠지고 말았다.

'그러고 보니 어르신이 돌아가시고 많이 변한 것 같아.'

그는 청월을 보며 작게 고개를 끄덕였다.

딱히 꼬집을 수는 없지만 청월은 전보다 어른스러운 분위기를 풍겼다.

그는 더 이상 놀기 좋아하고 먹는 것에 환장하는 아이가 아니었다.

그가 짓던 특유의 함지박한 미소도 어느 순간 사라졌으며 병아리처럼 조잘거리던 입도 무겁게 닫혔다.

최근의 청월을 보면 마치 성숙한 노인을 대하는 느낌이 들었다.

"안 가? 간식 먹는다면서."

덕구가 멍하니 서 있자 청월이 입을 열었다.

"아직 시간이 좀 남았습니다. 하던 일을 마무리 짓고 가겠습니다."

"알았어."

청월은 마루에 앉아 덕구가 하는 모양을 보았다.

그는 손목을 이용해 편안하게 낙엽을 쓸고 있다. 빗질을 할 때마다 낙엽이 우수수 뒤를 따랐으며 시원한 소리가 귀가를 울렸다.

"덕구야."

"네, 말씀하세요."

"만약에 말이야. 아주 만약에."

청월은 말을 꺼낸 뒤 잠시 뜸을 들였다. 이야기를 꺼낼지 말지 고민하는 것이다. 침묵은 짧았고, 그는 곧 입술을 움직였다.

"네가 죽음을 볼 수 있다면 어떻게 할 거야?"

"죽음을 보게 된다구요?"

덕구는 빗질을 멈추고 어깨를 으쓱했다. 공자에게 종종 질문을 받긴 했지만 이런 도깨비 같은 질문은 처음이다.

"그게 정확히 무슨 말씀이시죠?"

"말 그대로야. 사람을 보면 그 사람이 죽을지 살지를 알 수 있어."

"예를 들어 제가 지금 공자님을 본다고 하면."

덕구는 청월을 힐끔하며 말을 이었다.

"대충 언제 죽을지 알 수 있는 거군요. 내일 죽거나 아니면 몇 년 뒤에 죽거나 이런 식으로 말이죠."

"비슷하다고 보면 돼."

청월이 작게 고개를 끄덕였다. 어차피 그의 능력을 완벽하게 설명하는 것도, 이를 이해시키는 것도 불가능한 일이다.

잠시 침묵이 이어지는 가운데 덕구가 운을 뗐다.

"솔직히… 소름 끼치는 능력이군요."

"왜?"

"죽음이란 아무래도 꺼림칙한 것 아닙니까? 죽으면 모든 게 끝이니까요. 이걸 미리 보면 오히려 살맛이 안 날 것 같습니다."

덕구는 작게 고개를 끄덕였다.

세상에 죽고 싶어 하는 인간은 없다. 인간이라면 무릇 죽음을 두려워하고 피하고자 하기 마련이다. 오죽하면 진시황조차 이를 두려워해 불로초를 찾았을까.

만약 죽음을 볼 수 있다면 오히려 삶의 의욕은 한없이 꺾이고 말 것이다.

"게다가 사랑하는 사람의 죽음을 보면 얼마나 슬프게 될까요. 그런 능력은 어쩌면 저주가 아닐까요?"

"……."

덕구의 말에 청월은 한마디도 덧붙일 수 없었다.

가슴이 아팠다. 위로를 받고자 말을 꺼낸 건 아니었지만 덕구의 대답은 훨씬 심각하게 마음을 후벼 팠다.

그조차 자신의 눈이 저주라는 생각은 해보지 않았다.

지금 덕구의 말을 들으니 그것이 맞는 것처럼 느껴졌다.

그는 왼쪽 눈으로 주변의 죽음을 처음부터 끝까지 지켜봤다. 친구인 만청은 물론 소중한 할머니의 죽음까지 모두 말이다.

"그래도 그런 일로 너무 걱정하지 않으셔도 됩니다."

덕구의 목소리가 자신감에 넘쳐났다.

그는 한 손으로 자신의 가슴을 쿵쿵 두들겼다. 평소와 달리 패기 넘치는 모습에 청월은 한 줌의 희망을 가졌다.

과연 그에게 숨겨둔 묘책이 있는 걸까.

"중원에 말씀하신 능력을 가진 사람은 결코 없습니다. 그거 하나만큼은 제가 보장합니다."

덕구의 시원한 웃음소리가 망치처럼 머리를 때렸다. 청

월은 더 이상 아무런 말도 하고 싶지 않았다.

"나… 갈게."

그는 힘없는 표정으로 방으로 향했다.

덕구와의 대화로 인해 기운이 한풀 더 꺾였다. 아마 덕구
는 평생 모를 것이다.

그가 호언장담했던 능력을 가진 사람이 바로 코앞에 있
었다는 사실을 말이다.

청월은 우울했다.

한없이 우울했다.

죽음을 본다는 사실을 깨닫고는 무엇 하나 재밌는 것이
없었다. 그토록 배우고 싶었던 검술도 이제는 의미 없는 장
난이 되어버렸다.

어차피 사람은 언제 죽을지 모르는 일이다. 죽음은 남녀
노소를 가리지 않고 찾아오니까 말이다. 굳이 기를 쓰고 뭔
가를 해야 할 필요가 없지 않은가.

청월은 그런 생각을 가지게 되었다.

"할머니, 나 어떻게 해야 돼요?"

짤랑거리는 팔찌를 보며 중얼거렸다. 또 맥없이 하루가
지나고 있었다.

*　　　*　　　*

널따란 호수가 펼쳐진 천호정.

청월은 턱을 괸 채로 물끄러미 물결을 응시했다.

선선한 바람이 옷자락을 흔들었으며 근처 나무에선 새한 쌍이 맑은 소리로 지저귄다. 예전이라면 날이 좋다며 덕구와 외출을 했을지도 모른다.

하나 지금의 청월은 모든 것이 귀찮았다.

죽음은 그에게서 모든 의미와 즐거움을 앗아가 버렸다. 귓가에 닿을 듯이 커다랬던 미소도 이미 옛날 일이 되었다.

야아웅.

고양이의 울음소리가 들렸다.

돌아보니 얼룩덜룩한 무늬를 가진 새끼 고양이다. 며칠 전부터 호수에 나타나는 녀석이다. 청월은 녀석의 이름을 나비라고 지어주었다.

고양이의 얼룩무늬 예전에 한참 잡고 놀았던 호랑나비와 비슷했기 때문이다.

"나비야, 이리 와."

청월이 손짓을 했지만 고양이는 들은 체 만 체했다. 오히려 하품을 길게 하며 무시하는 모습이다. 고양이는 청월을 힐끔하더니 다시 제 갈 길을 갔다.

"깍쟁이. 하지만 오늘은 안 될걸."

청월은 비장의 무기를 꺼냈다.

그가 바닥에 내려놓은 것은 덕구에게 얻은 육포였다. 품에서 빠져나온 육포는 금세 진한 고기 냄새를 풍겼다.

야아아아아옹.

고양이가 걸음을 멈추고 돌아섰다. 확실히 육포에 반응한 것이다. 고양이는 청월의 눈치를 살피며 살금살금 다가왔다.

"옳지, 잘한다. 심심하니까 같이 놀아줘."

청월은 육포를 점점 더 자신의 곁으로 끌어당겼다. 이에 고양이와의 거리도 점차 줄어갔다. 결국 고양이는 육포를 물고 잘근잘근 씹기 시작했다.

"너도 먹을 거엔 못 배기는구나."

청월은 피식 웃고 말았다.

그것은 정말로 오랜만에 짓는 미소였다. 그는 털을 쓰다듬으며 고양이를 지켜보았다.

이렇게 있으니 마치 할머니가 곁에 있는 것처럼 마음이 편안했다.

육포를 다 먹은 고양이는 곁을 떠나지 않았다.

그는 청월에게 몸을 기댄 채 조용히 눈을 감았다.

"너 사실은 부끄럼쟁이구나?"

청월은 작게 중얼거린 뒤 다시 호수를 응시했다.

호수를 보고 있으면 이상하게도 시간이 잘 갔다.

물결이 일렁거리는 모습을 뒤쫓다 보면 어느새 밤이 찾아오곤 했다.

얼마나 시간이 지났을까.

고양이는 곁을 떠났고, 호수에는 청월만이 남았다.

"오랜만에 던져볼까?"

적적한 마음에 돌덩이를 주웠다.

그는 곧 자세를 잡은 뒤 호수로 돌을 던졌다. 과거에 종종 하던 물수제비를 뜬 것이다. 돌덩이는 수면 위를 통통 튀며 하얀 물보라를 뿌려댔다.

놀라운 것은 돌멩이가 호수의 절반을 가로질렀다는 것이다.

평소의 청월이라면 고작 네다섯 번 정도 튀는 것이 고작이었거늘.

"이상하네? 한 번 더 해볼까?"

청월은 다시 한 번 물수제비를 떴다.

환장할 노릇이다. 이번에 던진 돌은 전보다 훨씬 더 먼 걸음을 했다.

그는 묘한 표정으로 손을 내려다보았다.

그러고 보니 할머니가 돌아가신 후 부쩍 힘이 세졌다. 온몸에 묘한 기운이 샘솟았으며 그 기운은 늘 보호하듯 몸속을 회전했다.

확실히 전에는 없던 일이다.

"뭐, 그래 봤자지만."

청월은 대수롭지 않은 표정으로 다시 바닥에 앉았다. 언젠가는 죽을 몸, 이런 힘을 가져봤자 의미가 없었다.

그는 평소처럼 기운 없는 모습으로 호수를 응시했다.

"야, 너 뭐하냐?"

"어, 형. 여긴 웬일이야?"

"너 보러 왔다. 요새 얼굴 보기가 힘들어?"

둘째 형 청풍이 웃으며 다가와 앉았다.

그의 허리에는 날카로운 빛을 뿜어내는 검집이 걸려 있었다.

그러고 보니 둘째 형은 최근 키가 부쩍 컸다. 머리가 저 위에 있어서 지금은 어깨동무를 하는 것도 불가능할 것 같았다.

청풍은 한참 동안 청월을 보더니 얼굴을 찌푸렸다.

"맘에 안 들어. 하나부터 열까지 전부 다."

"그게 무슨 소리야?"

"어깨는 축 처졌고 눈은 땅만 보고 있고 입꼬리는 내려갔고. 내가 알던 동생이 아니잖아."

청풍은 검지로 청월의 입꼬리를 쭈욱 올렸다. 억지로 웃게 만들 속셈인 것이다.

"혀어엉, 이런 거 하지 마."

"안 하게 만들면 될 거 아니야. 안 그래?"

청풍은 아예 작정을 했는지 간지럼을 태우기까지 했다.

이를 피하기 위해 몸부림을 쳤지만 소용없었다.

무공 수련으로 단련된 청풍은 예전의 청풍이 아니었다. 팔 힘이 장난이 아니었기에 도무지 도망을 칠 수가 없었다.

청월은 결국 본의 아니게 한바탕 웃고 말았다.

"어때? 정신이 좀 들어?"

"몰라, 그런 거."

청월이 삐죽 입을 내밀었다.

아닌 척했지만 왠지 모르게 가슴속의 체증이 말끔히 내려갔다.

단지 간지럼을 태웠을 뿐인데 가슴이 시원해지는 것은 왜일까.

두 사람은 한동안 말없이 호수를 응시했다.

"할머니가 돌아가신 것 때문에 힘들지?"

"……."

"짜샤, 그럴 때일수록 기운을 차려야지."

청풍이 짜악 소리가 날 정도로 등을 후려쳤다. 그의 얼굴에 미워할 수 없는 특유의 미소가 걸렸다.

"아닌 것 같아도 할머니는 하늘에서 널 지켜보고 계셔. 그러니까 건강하고 밝게 지내야 된다고."

"하지만……."

청월은 말을 다 잇지 못했다.

그가 의기소침한 것은 단순히 할머니의 죽음 때문만은 아니었다.

어쩌면 죽음을 보는 왼쪽 눈이 더 큰 작용을 하고 있을 것이다.

둘째 형은 아직 속사정까지는 알지 못했다.

'형한테는 말해볼까?'

청월은 한순간 고민했다.

둘째 형이라면 그의 이야기를 진지하게 들어주지 않을까 했던 것이다.

입을 벙긋벙긋하던 그는 결국 한숨으로 이를 대신했다. 아까 덕구가 했던 말과 그를 꾀병이라 놀렸던 형의 모습이 교차하니 더욱 말을 꺼낼 수 없었다.

침묵이 이어지는 가운데 청풍이 운을 뗐다.

"너 요새 목검 연습은 해?"

"아니."

"왜 안 해? 기껏 보물을 줬더니."

청풍은 얼굴을 찌푸리며 그의 볼을 쭈욱 늘어뜨렸다. 그리고 청월과 적당히 거리를 벌인 뒤 검을 뽑았다.

샤르릉 하는 맑은 소리와 함께 새파란 검이 모습을 드러 냈다.

"오늘 배운 거 보여줄까?"

"응."

"눈 크게 뜨고 잘 봐."

청호가 심호흡을 한 뒤 발을 놀렸다.

신풍문의 기초 신법인 팔방풍우를 밟은 것이다.

그는 청월을 약 올리기라도 하듯 주변을 맴돌았다. 무사 들에 비하면 아직 조족지혈이지만 청월에겐 엄청나게 느껴 졌다.

형이 움직일 때마다 주변에서 훅훅 바람이 불었던 것이 다.

"어때? 멋있지?"

"으… 응."

청월은 적당히 대답했다. 확실히 형의 모습은 전과 비교 할 수 없을 만큼 멋있긴 했다. 하지만 청월은 이미 무공에 대한 의욕을 모두 잃어버렸다.

어차피 언젠간 죽을 텐데 무공은 익혀서 뭐한단 말인 가.

"형, 근데 무공은 익혀서 뭐해? 무공을 익혀도 어차피 나중에는 죽잖아."

청월은 결국 생각을 입 밖으로 내고 말았다.

헛된 노력을 하는 형을 보니 입이 근질거려 참을 수가 없었다.

하지만 아무 대답도 못할 줄 알았던 청풍은 의외로 의기양양했다.

그는 콧대를 세우고 거만하게 팔짱을 꼈다.

"내가 존경하는 어른이 계신데, 그분이 이런 말을 했어."

청풍은 잠시 뜸을 들인 뒤 말을 이었다.

"무사는 죽음을 두려워하지 말고 삶을 두려워해야 한다고."

"그게 무슨 뜻이야?"

"그러니까……."

갑작스런 질문에 말문이 막혔다. 청풍 역시 그 뜻을 막연하게 알아들은 탓이다. 그는 한참 동안 머리를 싸맨 뒤 말을 이었다.

"그러니까… 만약에 말이야, 내가 정말로 하고 싶은 걸 하지 못하고 죽으면 정말 억울할 거야. 그치?"

"응."

"근데 하고 싶은 일을 하고 죽으면 후회가 덜할 거야. 왜냐하면 하고 싶은 걸 이미 했으니까."

청풍은 말을 하면서 생각이 정리되었다.

말이 빨라졌으며 말을 더듬는 일도 없어졌다.

"사람은 누구나 죽잖아. 죽음을 피할 수 있는 사람은 아무도 없어. 그러니까 열심히 살아야 돼. 죽을 때 후회가 없도록 말이야."

"죽음을 두려워하지 말고… 삶을 두려워해라."

청월은 청풍의 말을 되뇌었다. 그 말은 묘하게 사람의 마음을 흔드는 힘이 있었다.

"아까 네 말도 맞아. 무공을 익혀도 언젠가는 죽겠지. 하지만 말이야."

청풍이 뜸을 들인 뒤 말을 이었다.

"나는 죽는 것보다 멋진 무사가 되지 못하는 게 더 무서워. 그래서 열심히 연습하는 거야. 그거면 답이 될까?"

"……."

청월은 아무런 말도 할 수가 없었다.

형의 한마디로 인해 가슴에 쩌저적 금이 갔다.

무언가가, 그를 감싸고 있던 무언가가 깨져 나갔다. 희미한 빛이 마음 깊숙한 곳에서 퍼져 나가고 있었다.

"하여간 힘내라. 자주 웃고."

청풍은 그의 입꼬리를 억지로 올린 뒤 자리를 떠났다.

휘이이이이잉!

바람이 불면서 잔잔했던 호수에 물결이 일어났다. 청월
의 마음도 조금씩 움직이기 시작하고 있었다.

　"죽음을 두려워하지 말고 삶을 두려워하라."

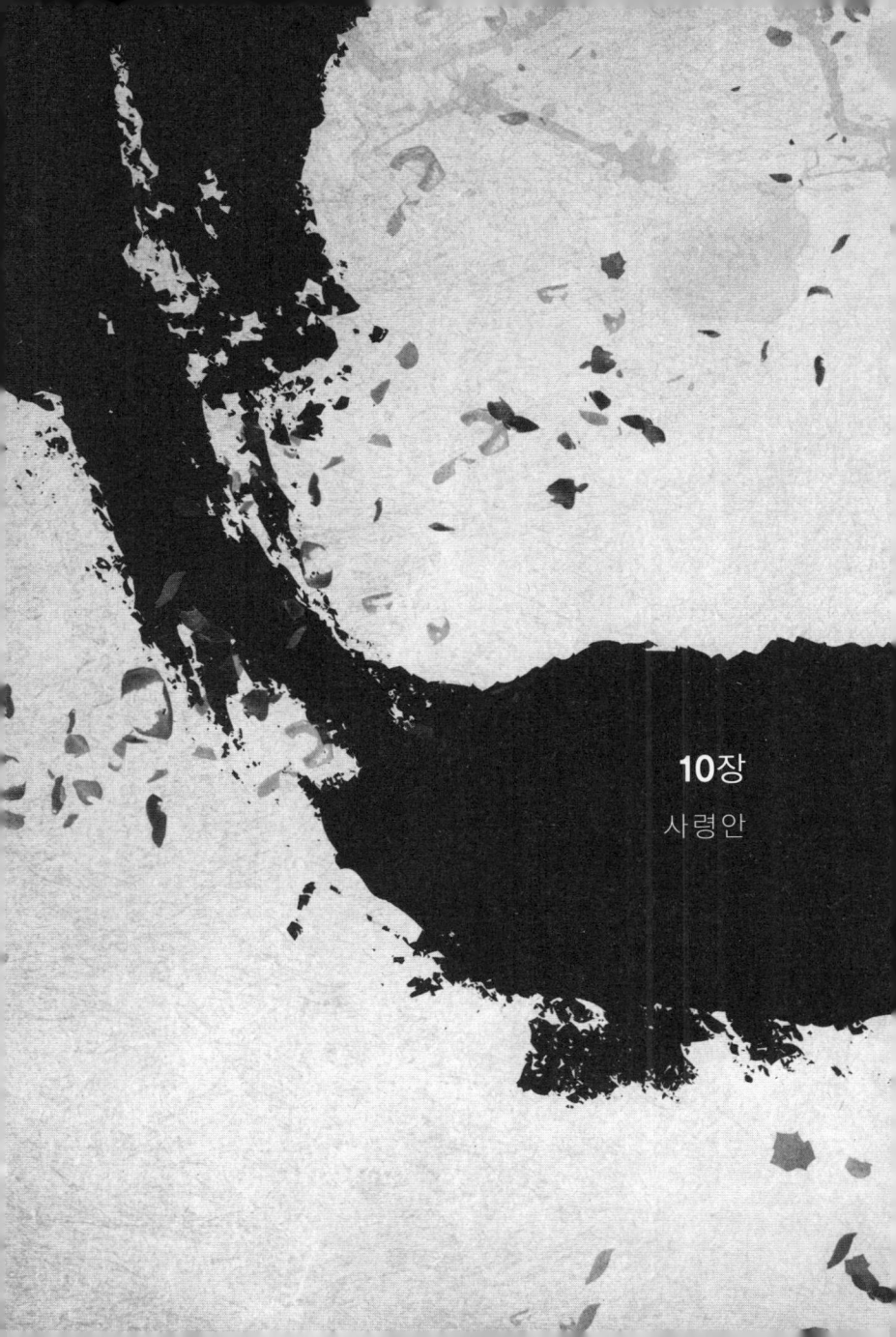

10장
사령안

며칠 뒤 오후.

청월은 거울 앞에 서 있었다.

그의 얼굴에는 서릿발 같은 비장감이 어려 있다. 눈동자
는 그 어느 때보다도 결의에 찼으며 꼭 다문 입술에선 꼬장
꼬장한 노인네의 고집도 보였다.

"후우."

그는 한숨을 쉬며 손을 내려다보았다.

손에는 가위가 들려 있다. 새파란 가위는 날을 갈아 무척
이나 날카로웠다.

방금 시험해 본 결과 종이 정도는 가위질을 하지 않아도 가볍게 두 동강을 냈다.

스으으으윽.

가위를 든 손이 움직이기 시작했다.

손은 가슴을 넘어 금세 눈언저리까지 움직였다. 떨지 않을 거라 장담했지만 막상 상황이 닥치니 가슴이 두근거렸다.

이제 딱 한 번만 움직이면 모든 것이 끝난다.

잠깐은 고통스럽겠지만 오랜 시간 졸이던 마음의 매듭을 풀 수 있었다. 더 이상 망설일 이유는 없는 것이다.

"간다."

청월은 두려움을 이겨내고 가위를 그대로 쑤셔 넣었다. 그리고 힘차게 손을 놀렸다.

서걱서걱.

손끝에 시원한 느낌이 퍼졌다.

다행히 작전은 성공이었다. 기다란 앞머리를 모나지 않게 잘라낸 것이다.

청월은 첫 가위질에 용기를 얻어 계속해서 머리를 잘라나갔다.

혼자서 숱을 쳤던 것이 과연 헛되진 않았던 모양이다.

일각 정도 낑낑대며 손질을 하니 예전처럼 짧고 단정한

머리가 되었다.

"자아, 씻어볼까."

청월은 휘파람을 불며 머리를 씻었다.

자른 머리카락의 양은 꽤 많았는데 수로를 막을 정도가 되어서 따로 빼놓았다.

그는 수건으로 머리를 말린 뒤 다시 거울을 응시했다.

더벅머리를 한 답답한 소년은 온데간데없었다.

거울 속에는 예전과 같은 미소년이 자리했다. 훤칠한 이마와 커다란 눈동자가 드러나니 더욱 용모가 빛났다.

하지만 청월이 머리를 자른 것은 미용을 위함이 아니었다.

"더 이상 도망치지 않아."

청월은 두 손을 불끈 쥐고 거울을 응시했다.

여섯 달 동안 한 번도 사용하지 않았던 왼쪽 눈이 펼쳐지고 있다.

위이이이이이잉.

이명이 소란스럽게 귀를 때렸다.

청월의 시계 역시 두 가지로 나뉘었다.

일상의 색과 삶을 보는 오른 눈과 수묵화처럼 흑과 백으로 나뉘어 죽음을 보는 왼쪽 눈. 이 두 가지 눈이 동시에 작동했다.

두려웠다.

거울에 비친 청월의 몸에는 까만 점, 죽음이 떠 있다. 그 동그란 것들은 유유히 몸속을 헤엄쳤다.

죽음은 언제 어떻게 번져서 그의 생명을 먹어치울지 몰랐다.

"아니야. 이젠 지지 않을 거야."

청월은 고개를 저으며 공포를 몰아냈다.

그는 형의 조언을 듣고 오랫동안 고민했다.

죽음을 보는 눈을 안고서 과연 어떤 삶을 살아야 하는지 말이다.

선택지는 크게 두 가지였는데, 하나는 이전처럼 죽음에 매몰돼 무기력한 생활을 하는 것이다.

또 하나는 형처럼 용감하게 삶을 개척하는 것이다.

영리한 청월은 물론 두 번째 선택지에 인생을 걸었다. 또한 그의 선택에 힘을 더해준 것은 할머니의 한마디였다.

天生我材必有用(천생아재필유용).

하늘이 나를 낳았으니 반드시 쓸 데가 있다.

청월은 할머니의 유언을 뒤늦게 깨달았다.

하늘은 그에게 죽음을 볼 수 있는 능력을 주었다. 그 뜻

인즉슨 그에겐 그 죽음을 봐야 할 의미가 있다는 것이다.

그렇지 않고서야 이런 유별난 능력을 주었을 리 없었다.

"……."

청월은 오래도록 거울을 응시했다.

죽음에 익숙해지기 위해 수련을 하는 것이다. 앞으로도 그는 늘 죽음을 봐야 한다. 지금처럼 두려움을 느껴선 안 됐다.

시간이 얼마나 지났을까.

이명이 사라져 갔다.

바늘로 콕콕 찌르는 듯한 두통도 흐려져만 갔다.

"됐어."

청월은 자신만만한 미소를 지었다. 이젠 더 이상 왼쪽 눈이 두렵지 않았다.

죽음을 본다는 사실을 인정하니 오히려 마음이 후련해졌다.

오래도록 거울을 보던 청월.

그는 문득 탁 하고 무릎을 쳤다. 한 가지 중요한 사실이 머리를 스치고 지나갔다.

"넌 앞으로 항상 나와 함께할 거잖아. 그러니까 이름을 지어줄게."

청월은 그렇게 결정했다.

왼쪽 눈을 계속해서 죽음을 보는 눈이라고 하면 그것도 웃겼다. 이 기회에 좋은 이름을 만드는 것도 좋으리라.

"죽음을 보는 눈이니까 사령안(死靈眼)이라는 이름 어때?"

청월은 그렇게 말하고 왼쪽 눈을 깜빡거렸다. 스스로 묻고 스스로 대답한 것이다.

"좋았어. 이제부터 넌 사령안이야."

청월은 밝게 웃으며 방을 나왔다.

근처에선 언제나와 같이 덕구가 빗질을 하고 있었다.

"공자님, 안녕하십니까?"

그가 빗질을 멈추고 반갑게 인사했다.

하나 청월은 이에 곧바로 답하지 못했다.

아무래도 덕구의 몸에 내재된 죽음에 먼저 시선이 갔던 탓이다.

사령안은 살아 있는 존재를 보자 곧바로 죽음을 읽어갔다.

"……"

덕구의 몸에도 물론 죽음이 있었다. 하지만 보통 사람에게 존재하는 건강한 상태의 양을 보유했다.

청월은 그제야 안도의 한숨을 쉬었다.

"안녕. 점심은 맛있게 먹었어?"

"특별식이 나와서 배불리 먹었습니다. 어, 그런데?"

덕구의 눈이 토끼처럼 휘둥그레졌다. 그는 청월이 짧게 머리 친 것을 발견했다.

"머리를 손보셨군요. 진작 손보셨으면 좋았으련만. 이렇게 훤칠한 외모를 감추고 있으면 안 됩니다."

"헤헤. 그렇지?"

청월은 멋쩍은 듯 뒷머리를 긁적였다. 칭찬에는 아무래도 약해질 수밖에 없었다. 또한 시원한 바람을 얼굴로 맞을 수 있었다.

머리를 손본 건 여러모로 득이 많았다.

"덕구야, 오늘은 나를 따라 어디 좀 가자."

"낮에는 경전 공부를 하셔야 하지 않습니까?"

"그러니까 땡땡이를 치자는 거지. 선생님 오시기 전에 서두르자."

청월은 피식 웃으며 덕구를 끌었다.

청월이 막무가내로 구니 덕구는 도저히 이를 감당할 수가 없었다. 그는 어느새 청월에게 끌려 문파의 남문으로 향했다.

"대체 어디를 가시려고 땡땡이까지 치시는 겁니까?"

"가보면 알아. 내 인생이 바뀔 곳이니까."

청월은 기어코 행선지를 말하지 않았다.

덕구가 궁금해하는 것을 보니 더더욱 말하고 싶지 않았다. 그런데 호수를 지나던 두 사람을 무언가가 막아섰다. 그것은 길을 비키지 않겠다는 듯 두 다리로 단단하게 지면을 디뎠다.

주인공은 다름 아닌 나비였다.

야아아아아옹.

나비가 고개를 쳐들고 울음을 뱉어냈다. 접근하는 것을 보니 놀아달라고 하는 것 같았다.

"지금은 안 돼. 바쁘다고."

청월은 나비의 등을 쓸어주며 타일렀다.

그가 지나치려는 모습을 보이자 결국 나비도 등을 돌리고 반대편으로 걸어갔다. 어미가 죽기라도 한 걸까. 최근 나비는 전보다 더욱 살갑게 굴었다.

"그나저나 동물의 죽음도 볼 수 있구나."

청월은 작게 고개를 끄덕였다.

처음 알았다. 사람뿐만 아니라 동물의 죽음도 볼 수 있다는 사실을.

아마도 왼쪽 눈은 살아 있는 모든 것의 죽음을 볼 수 있는 듯했다.

"방금 뭐라고 하셨습니까? 죽음을 본다고요?"

"아, 아니야. 그냥 해본 소리야."

청월은 얼버무리며 걸음을 재촉했다.

이제 그곳이 멀지 않았다.

　　　　　*　　　　*　　　　*

터벅터벅.

청월의 발은 거침이 없었다.

그는 앞장서서 도시의 대로를 질러갔다. 걸음은 문파를 나온 지 일각이 지났을 무렵 멈추었다.

두 사람 앞에는 넓고 허름한 건물들이 펼쳐져 있다.

"의방에는 무슨 볼일이 있으신 겁니까?"

덕구가 어깨를 으쓱하며 물었다.

인생이 달렸다고 하여 무언가 중요한 장소에 갈 것이라 생각했다.

하지만 목적지는 그의 예상과는 상당히 빗나갔다. 혹시 공자가 어디 아프기라도 하는 걸까.

"몸은 지극히 건강하니까 걱정 안 해도 돼."

청월은 덕구의 생각을 읽고 미소를 지었다.

그가 의방에 들른 것은 만룡방을 만나기 위함이었다. 그와는 중요하게 할 이야기가 있었다.

"그럼 갈까?"

청월이 앞장섰다.

만룡방이 운영하는 향약의방(鄕藥醫房).

이곳은 호남에서 둘째가라면 서러워할 정도로 유명한 곳이다. 만룡방을 비롯해 오 인의 명의가 진료를 보았으며 환자를 살리는 데 열과 성을 다했다.

그래서 사람들은 이곳을 의방(義房)이라고 부르기도 했다. 병자들에게 뜻을 다한다는 영광스런 칭호를 붙인 것이다.

"건물은 생각보다 좋지 않은 것 같습니다."

덕구는 주변을 살피며 혀를 찼다.

의방은 크게 환자를 관리하는 환당과 약제를 짓는 약방과 진료소로 나뉘었다. 문제는 이 건물들이 하나같이 노후하다는 점이다.

기둥이 갈라진 것은 물론 천장이 뚫려 있는 곳도 예사롭지 않게 보였다.

"그건 여기를 잘 몰라서 하는 말이야."

청월은 덕구를 보며 말을 이었다.

"여기선 환자를 살리는 데 진귀한 약초를 많이 써. 건물만 번지르르하게 지어서 병자를 끄는 곳과는 천지 차이지."

"그렇군요."

덕구가 작게 고개를 끄덕였다. 청월의 이야기를 듣고 보니 의원에 대한 생각이 백팔십도 달라졌다.

"일단은 의원님이 계신 곳을 알아야 하는데."

청월은 물끄러미 주변을 응시했다.

만룡방이 항상 문파로 찾아왔기에 그를 직접 보기 위해선 뭘 해야 좋을지 몰랐다. 청월은 마침 지나가던 또래의 소년을 붙잡았다.

소년은 한마디로 뚱뚱했다. 배는 올챙이처럼 볼록하게 나왔고 두 볼에는 곰보로 얽어 있다. 외모만으로 따지면 십 점 만점에 삼 점 정도였다.

"만룡방 의원님을 보려면 어떻게 해야 돼?"

"그건 왜 묻냐?"

소년이 고까운 표정으로 청월을 바라보았다. 그는 꽤나 오랫동안 청월의 위아래를 훑었다.

"의원님을 꼭 봐야 할 일이 있어."

"그러니까 왜 그러냐고."

소년이 짜증을 섞어 말을 이었다.

"눈은 또렷하니 생기가 있고 얼굴 혈색도 좋아. 아프지도 않은데 왜 의원님을 찾는 거지? 도련님이 몸이 허해서 보약이라도 한 첩 드시게?"

"……."

속사포 같은 말투에 청월은 할 말을 잃었다. 단지 의원님을 보려고 했을 뿐인데 분노에 찬 대거리를 듣고 말았다. 황당하기 그지없었다.

하지만 소년의 말을 거기서 끝나지 않았다.

"의방에는 죽어가는 사람이 부지기수야. 의원님은 너 같은 걸 진료할 시간 없어."

"야, 너 뭐하는 놈이야?"

덕구가 눈에 불을 켰다. 소매를 걷어 올리자 울퉁불퉁한 근육이 모습을 드러냈다. 그동안은 가만히 듣고 있었지만 더 이상은 참을 수 없었다.

"이분이 누구인지 알아? 신풍문의 공자님인 청월님이다. 머리를 조아려도 부족할 판에 감히 성질을 부려?"

"신풍문의 공자? 그래서 뭐 어쩌라는 건데?"

소년은 오히려 강짜를 부렸다. 그의 눈은 어느새 독수리처럼 불타올랐다.

"의방에 오면 다 환자야. 돈이 적든 많든, 무공이 뛰어나건 부족하건 환자라고. 우리가 너희 병을 안 고쳐주면 죽을 수도 있어."

"이놈이 아직도."

덕구가 기어코 나섰다.

그는 씩씩거리며 소년을 향해 걸어갔다. 청월이 손을 뻗으려 했지만 때는 이미 늦었다. 사태는 일촉즉발로 치닫고 있었다.

그런데 바로 그때였다.

"아니, 공자님이 의방에는 무슨 일이십니까?"

뒤편에서 만룡방이 나타났다. 만룡방은 신선 같은 하얀 수염을 쓰다듬으며 그들에게 접근했다. 그의 시선은 곧 소년에게 고정되었다.

"환당에 가보라고 했거늘 여기서 무슨 짓이냐?"

"저기 저쪽에서 의원님을 찾기에……."

일훈의 목소리가 모깃소리만 해졌다. 청월과 시비가 붙었을 때와는 전혀 딴판이다. 푹 숙인 고개는 땅바닥에서 떨어질 줄을 몰랐다.

"그럼 길을 알려주면 되는 것 아니더냐?"

"저런 도련님을 진료하실 바엔 차라리 더 급한 환자를 보시는 게 좋을 거라는 생각에……."

"저분은 신풍문의 공자님이다. 네가 함부로 대할 분이 아니야."

"하지만……."

"어허, 아직도 할 말이 남았느냐?"

만룡방이 얼굴을 찌푸리며 말을 이었다.

"신풍문의 지원이 없었다면 환당은 가축우리처럼 좁아터졌을 것이야. 그걸 모르진 않겠지?"

"알고 있습니다."

"그럼 가봐라."

만룡방의 말에 일훈이 물러났다. 그가 뱉어내는 한숨에 땅이 꺼질 것 같았다.

"본성이 나쁜 아이는 아닙니다. 마음에 상처가 있어서 그런 것이니 너그럽게 이해해 주십시오."

"네. 뭔가 사정이 있겠죠."

"그럼 일단 안으로 가실까요?"

만룡방이 앞장서서 걸었다. 청월은 뒤를 쫓아 진료실에 자리를 잡았다.

방에 들어서자마자 진한 약초 냄새가 코끝을 자극했다. 창 옆에는 커다란 인체도가 붙어 있었으며 각종 의료 서적이 방을 가득 메우고 있다.

잠시 후 하인이 차를 내왔다.

청월은 한동안 물끄러미 찻잔을 바라보았다. 잔에 담긴 차가 맑아 얼굴이 고스란히 비쳤다.

"형산에서 나는 운무차입니다. 건강에 좋으니 한번 들어 보시죠."

만룡방의 권유에 차를 입을 댔다.

운무차는 보기와 달리 맛이 짙고 매웠다. 청월은 자신도 모르게 얼굴을 찌푸렸다.

"처음엔 입에 안 맞을 수도 있지만 먹다 보면 헤어날 수 없죠. 구름 안개에 길을 잃어버린 것 같다고 하여 운무차라고 불리기도 합니다."

만룡방이 허허롭게 웃었다.

"그나저나 직접 저를 찾아오신 연유는 무엇입니까?"

"궁금한 게 있어서요."

청월은 빳빳하게 고개를 쳐들었다.

지금부터 나눌 이야기가 인생을 결정하게 될 것이다. 신중하고 또 신중해야 했다.

"말씀하시죠."

"저기… 사람이 죽는다는 것은 무슨 뜻이죠?"

청월의 질문이 메아리처럼 방 안에 퍼졌다. 그 질문은 분명 아홉 살 먹은 아이가 할 만한 것은 아니었다.

"진지하게 물으시는 겁니까?"

"네."

"허허, 죽음의 의미라…….”

만룡방은 천장을 보며 말을 정리했다.

"죽음이란 천명이 다했다는 뜻입니다. 천지신명께서 그 생명의 목숨을 거두어가는 일이죠."

"그건 언어도단 아닌가요?"

청월이 날카롭게 질문했다. 그는 오늘을 위해 많은 것을 생각하고 준비했다.

"어떤 점에서 말입니까?"

"의원님은 사람을 살리는 일을 하잖아요. 근데 사람이 죽는 것을 천명이라고 했어요. 그럼 의원님은 천리에 어긋나는 행동을 하는 거 아닌가요?"

"…이거 크게 한 방 먹었군요."

만룡방은 피식 웃더니 차를 들이켰다.

그는 뒤늦게 깨달았다. 청월이 결코 가벼운 마음으로 이 자리를 찾지 않았음을. 무릇 진심은 진심으로 대하지 않으면 안 되었다.

"공자님의 말씀은 반은 맞고 반은 틀립니다."

"무슨 뜻이죠?"

"지금부터 설명해 드리겠습니다."

만룡방은 헛기침을 한 뒤 말을 이었다. 그는 도덕경의 한 구절을 인용했다.

오래 사는 사람이 열 명 중에 세 사람쯤 있고,

일찍 죽는 사람도 열 명 중에 세 사람쯤 있다.

또한 오래 살 수 있음에도 공연히 움직여 죽음으로 가는 사람도 열 중에 셋은 있다.

"무슨 뜻인지 아시겠습니까?"

"아니요."

청월은 절레절레 고개를 저었다. 아무리 생각해도 그 뜻은 뜬구름을 잡는 것처럼 멀었다. 만룡방은 청월의 반응을 살피며 미소를 지었다.

"사람은 반드시 죽습니다. 이 점은 공자님께서도 익히 아시겠죠?"

"네, 알아요."

"하지만 세상에는 죽지 않아도 될 사람이 죽는 경우가 많습니다."

만룡방이 설명을 이어갔다.

세상에는 죽는 사람만큼이나 죽지 않아도 되는 사람이 많았다.

가난하여 치료를 받지 못한 사람.

현재 의술로는 치료를 할 수 없는 사람.

약초나 필요한 처치를 제때 하지 못한 사람.

많은 사람이 살 수 있음에도 목숨을 잃고 있었다. 만룡방이 향악의방을 세운 것도 이런 이들을 구하는 데 뜻을 두었기 때문이다.

"살아야 할 사람이 죽는 것은 천명이 아닙니다. 그것은 오히려 비극이죠. 따라서 저는 천리를 어기는 사람이 아니라 비극을 막는 사람입니다. 이제 질문에 대한 답변이 되었을까요?"

만룡방의 답변에 가슴이 찌르르 울렸다.

늙은 의원은 사람을 가슴에 품은 사람이었다.

그의 진심 어린 한마디에 마음이 저절로 따뜻해졌다. 청월도 만룡방처럼 사람을 품는 사람이 되고 싶었다.

"저, 결심했어요. 의원님께 의술을 배울래요."

청월이 당돌하게 입을 열었다.

그는 할머니가 병으로 죽어가는 것을 매 순간 바라보았다. 그때의 무력감을 생각하면 지금도 머리가 아찔했다. 다시는 그런 아픔을 겪고 싶지 않았다.

"허허, 큰 어르신이 돌아가신 것 때문에 의원에 뜻을 두신 모양이군요. 마음은 고맙습니다만……."

만룡방이 차를 들이켠 뒤 말을 이었다.

"신풍문은 무가(武家)입니다. 그것도 호남지방을 대표하는 무가죠. 의술보다는 무공을 익히는 것이 어떻습니까?"

"전 의술도 익히고 무공도 익힐 거예요. 그러면……."

청월은 하고 싶은 말을 다 잇지 못했다.

그러면 소중한 사람들의 몸에 내재한 죽음을 몰아낼 수 있을 거란 말은 할 수가 없었다.

"의술도 배우고 무공도 배운다…….

만룡방은 턱수염을 쓸더니 서적에 기대 있던 진검을 손에 쥐었다.

샤르르릉.

검이 검집을 빠져나오자 새파란 빛을 뿜어냈다.

만룡방은 검을 손에 든 채로 성큼성큼 거리를 좁혔다. 청월은 그 모습에서 문득 두려움을 느꼈다. 검이 당장에라도 목 줄기를 벨 것 같았다.

하지만 이어지는 만룡방의 행동은 싱겁기 짝이 없었다.

"진검을 만져보신 적이 있습니까?"

"아니요."

"이 기회에 한번 들어보시죠."

만룡방이 진검을 건넸다.

청월은 이를 조심스럽게 양손으로 쥐었다. 검은 무거웠다. 들고 있는 것만으로도 손이 부들부들 떨리며 몸의 중심도 맞지 않았다.

무사들은 어떻게 이런 것을 들고 하루 종일 수련할 수 있을까.

문득 형을 비롯한 무사들에게 존경심이 들었다.

"공자님, 그 상태에서 이것을 쥘 수 있겠습니까?"

만룡방이 다시 작은 함을 내밀었다.

그것은 각종 침구와 약재가 들어 있는 구급함이었다. 구급함은 결코 작지 않았다. 구급함을 들기 위해선 검을 내려놓아야 했다.

"아니요. 불가능해요."

"됐습니다."

만룡방은 진검을 회수한 뒤 청월과 마주 앉았다.

그가 침묵을 지키는 동안 바람 한줄기가 방을 훑고 도망쳤다.

"공자님, 세상에 두 가지 일을 동시에 할 수 있는 사람은 없습니다. 우리는 한 가지를 택하고 한 가지를 포기해야 합니다."

"검과 구급함을 함께 쥐라고 했던 게 그 때문인가요?"

청월이 물었다.

그는 뒤늦게 만룡방의 의도를 파악했다. 만룡방은 일부러 상황을 연출하여 깨달음을 주려 했다.

"영특하시군요. 바로 그겁니다."

"안 돼요! 전 무공도 배우고 의술도 배워야 해요!"

청월은 자신도 모르게 목청을 높였다.

의술과 무공을 배우겠다고 고집을 피우는 데는 그 나름의 이유가 있었다.

청월의 왼쪽 눈은 죽음을 본다.

그런데 죽음에 대항하기 위해선 무공은 물론 의술도 배워야 했다.

소중한 사람이 질병에 걸렸을 때는 의술을, 산적이나 마두를 만나면 무공을 사용해야 한다.

두 가지를 모두 갖춰야만 제대로 죽음과 싸울 수가 있는 것이다.

침묵이 지속되는 가운데 만룡방이 운을 뗐다.

"사실 무공을 배우고 의술도 배울 수 있긴 합니다만……."

"정말요? 그럼 진작 알려주시죠."

"하지만 그러면 아무것도 되지 않습니다. 의술로는 병을 고치지 못하고 무공으로는 사람을 구할 수가 없습니다."

"왜요?"

청월의 눈이 토끼눈처럼 휘둥그레졌다.

"공자님도 나중에는 알게 될 겁니다. 어중간한 능력은 없느니만 못하다는 것을."

"…꼭 둘 중에 하나만 해야 돼요? 내가 무공을 익혔는데 만약 다른 사람이 병에 걸리면 어떻게 해요? 그러면 안 되는 거잖아요."

청월이 속사포처럼 입을 열었다.

그는 아직도 만룡방의 말을 이해할 수 없었다. 배울 수 있는 것은 최대한 배우는 것이 옳은 게 아닐까.

"적수천석(滴水穿石)이라는 말이 있습니다. 낙숫물이 바위를 뚫는다는 말이죠. 한 가지에 집중하지 않으면 큰 성취를 이룰 수 없는 것이 인간입니다."

만룡방은 바깥을 살폈다.

벌써 해가 저물어가고 있었다. 창틈에선 황금빛 석양이 쏟아지고 있고 바람은 쌀쌀했다.

"공자님, 칠 일 뒤에 다시 오셔서 결심을 들려주시죠. 단 의술과 무공을 둘 다 배운다는 생각은 버리셔야 합니다. 그 이유는 그때 가서 알려드리겠습니다."

대화는 거기서 끝났다.

청월은 시름을 한가득 안고 복귀했다.

혹 떼려고 하다가 혹을 붙인 기분이다.

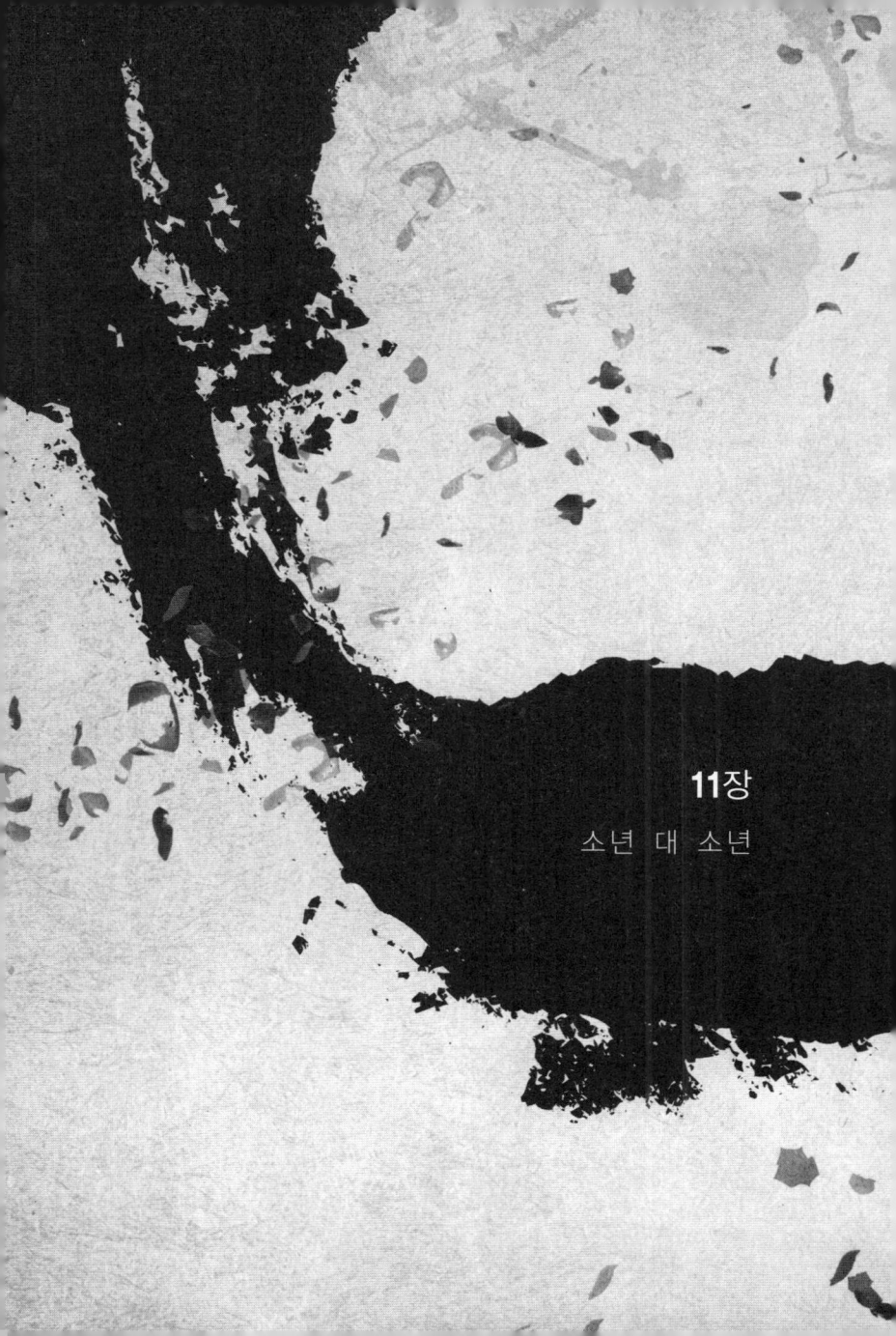

11장
소년 대 소년

그날 저녁.

새파란 초승달이 하늘에 걸렸다.

청월은 올챙이처럼 볼록한 배를 안고 마루에 앉았다. 그의 머릿속에는 오로지 만룡방과 나누었던 대화만이 되감기고 있었다. 그는 아직도 이해할 수 없었다.

의술과 무공이 공존할 수 없는 이유를.

"난 다 잘할 수 있는데."

청월은 하늘을 보며 중얼거렸다.

그는 오래전부터 각종 경전에 통달할 정도로 영특했다.

몸놀림 역시 날쌔서 형들과 놀아도 결코 뒤지지 않았다.

비록 힘들기는 하겠지만 의술과 무공 모두 손아귀에 쥘 수 있을 것 같았다.

"일단 생각해 볼까?"

청월은 방에서 두 가지 물건을 가지고 나왔다.

하나는 둘째 형이 선물한 목검이고 다른 하나는 만룡방이 준 구급함이다.

이 두 가지를 보고 있자니 왠지 모르게 가슴에서 힘이 솟아올랐다.

구급함을 보면 벌써 신의(神醫)가 된 것 같았고, 목검을 보면 멋진 무사가 된 것 같았다.

그 둘 중 하나만 택하라는 것은 너무나 야속한 말이다.

청월은 팔짱을 낀 채로 목검과 구급함을 응시했다.

그의 손은 어느 때는 구급함으로, 어느 때는 목검으로 향했다.

마음이 갈팡질팡하니 손도 계속 허공을 훔칠 수밖에 없었다.

지금의 선택이 평생을 좌우하리라는 생각이 문득 들었다.

그러니 더더욱 선택이 어려워졌다.

"에라, 일단 바람이나 쐬고 오자."

청월은 구급함과 목검을 옆구리에 끼고 문파를 나섰다.

그가 향한 곳은 도시 북쪽에 위치한 야산이었다. 공부가 지겹거나 마음이 답답할 때면 종종 찾는 곳이다.

청월은 언제나와 같이 산 중턱에서 마을을 내려다보았다.

휘이이이잉!

시원한 바람에 머리가 흩날렸다.

청월은 한동안 눈을 감은 채로 바람을 맞았다.

좋았다.

이렇게 바람을 쐬고 있으면 세상만사 근심이 사르르 녹는 것 같았다. 언제는 바람을 쐬다가 무려 반나절을 보낸 적도 있었다.

사실 그는 바람에 관해서는 모르는 것이 없었다.

바람의 속도와 방향, 냄새, 피부에 닿는 느낌까지. 계절에 따른 바람의 변화까지도 간단히 맞힐 수 있었다.

그는 한참 동안 바람을 맞은 뒤 두 가지 물건을 응시했다.

병을 고쳐서 죽음을 막을 것인가, 무공을 익혀서 죽음을 막을 것인가.

생각을 하면 할수록 머리가 복잡해졌다.

"에라, 나도 모르겠다. 네가 대신 골라줘."

청월은 단풍잎 하나를 따서 허공에 띄웠다.

바람이 불자 단풍이 흐느적거리며 구급함과 목검 사이에서 줄타기를 했다.

마침내 단풍이 떨어졌다.

붉은 단풍은 그것 위에서 자신의 자태를 뽐냈다. 그것은 바람의 뜻이면서 동시에 가슴 깊숙한 곳에 자리 잡은 청월의 뜻을 가리켰다.

"그게 내 길이라 이거지?"

청월은 힘차게 그것을 손에 쥐었다.

가을이 무르익어 가던 어느 날.

한 소년의 결정으로 인해 무림의 판세가 바뀔 것이다.

아직은 누구도 이를 알아차리지 못했다.

*　　*　　*

청월의 발걸음은 거침없었다.

그는 덕구를 대동하고 만룡방의 진료실을 찾았다. 마침 만룡방은 방에서 진료를 보는 중이었다.

"공자님, 오셨습니까?"

만룡방에 얼굴에 부드러운 미소가 흘렀다.

"네."

청월이 당당하게 대답했다. 그리고 허리춤에 찬 것을 힘차게 내밀었다. 청월이 내민 것은 다름 아닌 목검이었다.

"난 무공을 배울래요. 검을 휘두를 때 부는 바람이 너무나 좋아요. 우리 문파 이름이 신풍문인 것도 아마 그 때문일 거예요."

청월이 속사포처럼 말을 쏟아냈다.

오랜 고민 끝에 내린 선택이다.

아직 어리긴 하지만 선택에는 책임이 따른 것도 잘 알고 있었다.

그는 무공을 이용해 죽음을 물리칠 생각이었다.

'무공을 배웠다면 구할 수 있었을 거야. 그때의 만청이도.'

청월은 세상을 떠난 친구를 생각했다. 만약 그가 신법이라는 것을 배웠다면 만청이를 앞질러 마차에 치지 않도록 했을 것이다.

만룡방이 말한 죽지 않아도 될 사람에 만청 역시 포함됐던 것이다.

"훌륭한 결정입니다. 그럼 공자님의 목표를 물어도 될까요?"

"전 무림에서 제일가는 무사가 될 거예요."

대답에는 일말의 망설임도 없었다.

목표를 세운 이상 최고가 되지 않으면 안 됐다. 그의 상대는 여타의 장애물과 차원이 다른 죽음이란 것이다. 최고의 무사가 되지 않으면 죽음을 물리칠 수 없었다.

"명문정파의 난다 긴다 하는 무사들은 어찌하실 겁니까?"

"저한테 그러셨잖아요. 물방울로 바윗돌도 뚫을 수 있다고. 물방울이 하는 걸 제가 못할 리가 없죠."

청월의 당돌한 대답에 만룡방은 피식 웃고 말았다.

공자의 그릇은 그조차도 짐작할 수 없었다. 대체 하늘은 그를 통해 무엇을 이루려고 하는 걸까. 문득 그러한 생각이 들었다.

"자, 이제 알려주세요. 왜 무공과 의술을 함께 배우면 안 되는지."

청월이 눈을 빛내며 물었다.

의술을 포기한 데는 만룡방의 입김이 컸다. 그의 숨겨진 의도가 무엇인지 알고 싶었다.

"그게 궁금하셨군요. 따라오시죠."

만룡방이 웃으며 앞장섰다.

두 사람은 진료실을 벗어나 환당으로 향했다.

환당은 이 층의 목조건물이었는데 팔십여 명의 환자를 수용할 수 있었다.

안에 들어서니 약초 냄새와 더불어 눅눅한 살 냄새가 코
끝을 스쳤다.

공간이 부족해 침대는 다닥다닥 붙어 있고 환자들의 신
음 소리가 끊이지 않았다.

'…….'

청월은 아무 말도 할 수가 없었다.

그는 환당을 가득 채우고 있는 또 한 가지를 볼 수 있었
다.

그것의 정체는 다름 아닌 죽음이었다. 환자들의 몸에 어
린 죽음은 과연 보통 사람의 죽음과는 확연한 차이가 있었
다.

까만 점, 죽음은 몸의 절반 이상을 우습게 먹어치웠으며
급속도로 몸을 불려나가고 있었다.

문득 시선이 닿은 어떤 노인은 이미 생의 공간이 하나도
남지 않았다.

'길면 삼 일 정도 살겠구나.'

청월은 안타까움을 금치 못했다.

노인을 보고 있자니 세상을 떠난 할머니의 모습이 겹치
기도 했다.

그랬다.

이곳 환당은 죽음과 의원들이 전쟁을 펼치는 곳이었다.

"저 아이를 보시겠습니까?"

만룡방이 걸음을 멈추고 검지를 뻗었다.

손가락 끝에 걸린 이는 다름 아닌 일훈이었다. 일훈은 한창 환자를 돌보고 있었다.

그의 손에는 청월이 가진 것보다 더욱 커다란 구급함이 들려 있었다.

"오늘은 좀 어때요?"

일훈이 보호자에게 말을 걸었다.

그가 살피는 환자는 상태가 위독해 대화조차 불가능했던 것이다.

"매일 똑같지, 뭐. 그래도 오늘은 의식을 한 번 차리고 내 이름을 불렀어.

보호자가 힘없는 미소를 지었다. 그의 아버지는 간 상태가 무척 나빴다.

마누라보다 술을 껴안는 걸 더 좋아할 정도로 애주가였다.

그러다 보니 자연스럽게 간에 무리가 갔다.

그는 간이 딱딱해지는 경화증을 앓았는데 이로 인해 배가 산만 하게 부풀어 올랐다.

"오늘은 한 번이지만 내일은 두 번이 될 거고, 그 다음날은 세 번이 될 거예요."

일훈은 보호자를 다독인 뒤 환자를 살폈다.

환자의 맥박과 호흡을 살피고 피부와 눈의 색을 확인했다. 의원들의 진찰 방식인 변증시치를 한 것이다. 그는 환자의 상태를 확인하고 구급함을 열었다.

"오늘은 좀 시간이 걸려요."

일훈이 침을 들었다.

푸우우우욱.

손속에는 망설임이 없었다. 검지만 한 크기의 원리침은 단번에 환자의 피부를 관통했다. 일훈은 손으로 혈을 잡아가면서 계속해 침을 놓았다.

그는 누가 봐도 당당한 소(少)의원이었다.

"대단해."

청월은 한마디 하지 않을 수 없었다.

일훈이 침을 놓기 시작하니 폭주하던 죽음이 잠잠하게 가라앉았다.

침술로 죽음의 진행을 다소 늦춘 것이다. 이는 놀라운 신기였다.

일훈은 그와 동갑이었지만 뛰어난 의술 실력을 지녔다.

무엇보다도 그는 벌써 죽음과 싸우고 있었다. 청월과의 차이는 현격했다.

"어떻게 저럴 수가 있죠?"

"저 아이는 의술에 천부적인 재능이 있습니다. 아마 청년이 되면 제 수준을 훌쩍 넘을 겁니다."

만룡방의 얼굴에 흐뭇한 미소가 어렸다. 그는 청월의 어깨에 손을 얹은 뒤 말을 이었다.

"이제 궁금해하던 질문에 답변을 드릴 차례군요. 일훈아."

만룡방의 부름에 일훈이 헐레벌떡 달려왔다.

침술을 행한 직후라서 그런지 이마에 송골송골 땀이 맺혔다. 그는 청월을 힐끔하더니 못마땅한 표정으로 고개를 숙였다.

그의 눈빛은 명백하게 이렇게 말하고 있었다.

고깝지만 인사 정도는 해줄게.

한편 만룡방은 두 사람이 등을 맞대게 했다.

청월은 그 의도를 알 수 없어 고개를 갸웃거렸다. 대체 만룡방은 무엇을 말하고 싶은 걸까.

"공자님, 인간의 눈이 왜 앞에 달려 있는지 아십니까?"

"아니요."

청월이 담담하게 말했다. 어찌 보면 만룡방의 말은 어처구니가 없기도 했다. 그럼 눈이 앞이 아니라 뒤통수에 달리면 얼마나 웃길까.

"인간의 눈이 앞에 달린 이유는 간단합니다. 뒤는 다른

사람에게 맡기라는 뜻이죠. 의술과 무공을 모두 배우겠다
는 것은 앞뒤를 한꺼번에 보겠다는 것과 같은 이치입니다.
한마디로 불가능한 일이죠."

만룡방이 입을 열었다.

"앞만 보고 하나의 목표만 가지고 열심히 달리세요. 가끔
은 볼 수 없는 뒤쪽을 느끼며 답답할 수도 있겠지만 그럴
때는……."

만룡방은 청월과 일훈이 손을 잡도록 만들었다.

"벗을 뒤에 세우면 됩니다. 당신이 보지 못한 것을 벗이
말해줄 테니까요."

"……."

"어중간한 실력의 의술과 무공은 의미가 없습니다. 최고
의 무사가 되어서 최고의 의원을 사귀면 됩니다. 아닌가
요?"

만룡방의 물음에 청월은 아무 말도 하지 못했다.

그의 말이 옳았다.

백번을 생각해도 그의 말이 옳았다.

어쩌면 청월은 그동안 두려워했는지도 모른다. 혼자서
죽음을 감당해야 한다는 두려움. 하지만 세상에 존재하는
것은 그 혼자만이 아니었다.

죽음이란 짐을 진 것은 그뿐만이 아닌 것이다. 일훈만 해

도 각종 질환과 병마와 싸우고 있지 않은가.

자신의 경지를 이룬 뒤 타인과 교류한다면 그것도 의미
있는 일일 것이다.

"무슨 말씀인지 잘 알겠어요."

청월은 작게 고개를 끄덕였다.

가슴이 뜨겁게 불타오르기 시작했다.

당장에라도 문파에 돌아가서 힘껏 목검을 휘두르고 싶었
다.

우선 형들을 넘고 다음엔 백호단주를 넘어 아버님의 경
지까지 다다르고 싶다.

묘한 침묵이 이어지는 가운데 만룡방이 운을 뗐다.

"그럼 저희는 이만 돌아가 보겠습니다."

그가 걸음을 하자 일훈이 그 뒤를 쫓았다. 하지만 청월은
일훈을 순순히 보내지 않았다. 그는 일훈의 손목을 힘껏 붙
들었다.

"너 잠깐 나 좀 보자."

*   *   *

태평객잔.

그곳은 태원에서 첫째로 손꼽는 최고의 객잔이다.

태평객잔은 우선 크기부터 으리으리했다.

칠 층의 높다란 목조건물은 도시 어느 곳에서도 쉽게 눈에 들어왔다.

객잔은 건물의 구색만 갖추고 있는 게 아니었다.

바닥에는 고급스런 융단이 깔렸으며 벽에는 멋들어진 수묵화가 걸려 있다.

손님을 상대하는 점소이들의 태도 역시 양반처럼 점잖았다.

한 번 온 이는 반드시 다시 찾는다.

이 광오한 발언도 태평객잔에서만큼은 통용되었다.

단 수중에 돈이 두둑하다는 한 가지 가정 하에 말이다.

도시의 광경이 한눈에 펼쳐진 객잔 사 층.

그곳에 한상 가득 음식이 차려져 있다. 요리들은 하나하나가 입에 대기 힘들 정도의 고급 요리였다.

각종 해산물을 우려 만든 진가복, 닭다리 살만을 튀겨낸 후 야채와 함께 볶은 청린기.

그 밖에 침이 절로 고이게 만드는 요리가 산더미 같았다.

"먹어."

청월이 먼저 젓가락을 들었다. 그는 평소 좋아하는 청린기를 입에 대었다. 고소한 닭고기와 야채의 풍미가 입속에 와르르 쏟아졌다.

"……."

일훈은 젓가락을 들지 않았다.

그저 토끼처럼 커다란 눈을 하고 청월이 먹는 것을 지켜볼 따름이다.

음식은 미치도록 먹고 싶었지만 자존심이 이를 허락하지 않았다.

부잣집 도련님이 사주는 식사 따위는 먹고 싶지 않았다.

그들은 돈이 넘쳐나서 호의호식을 하는 것이다.

지금 이만한 상을 차릴 정도면 탕약을 몇 십 첩이나 만들 수 있는데.

그런 생각을 하니 쉽게 젓가락을 들 수 없었다.

꿀꺽.

왕방울만 한 침이 넘어갔다.

음식이 뿜어내는 고소한 냄새에 정신이 혼미에 질 지경이다. 도를 닦는 심정으로 허벅지를 꼬집었지만 그것도 신통치 않았다.

"뭐해? 안 먹어?"

청월이 어깨를 으쓱했다. 그가 보기에 일훈은 지금 음식을 먹고 싶어서 안달 난 것으로 보였다.

"내가 산다니까 왜 안 먹어?"

"난 원래 공짜는 안 먹어."

"맘대로 해."

청월은 뾰로통한 표정으로 식사를 계속했다.

기껏 마음을 써주었건만 대접이 신통치 않았다. 이렇게 된 이상 최대한 약 올리며 맛있게 먹으리라. 그는 일부러 쩝쩝거리며 음식을 먹어치웠다.

"에라, 모르겠다."

일훈이 벌떡 일어났다.

그는 점소이에게 부탁하여 붓과 종이를 빌렸다. 무엇을 하나 보니 종이에 글을 쓰고 있었다. 이윽고 그가 먹이 마르지 않은 종이를 내밀었다.

청월은 그것을 보고 실소를 금치 못했다.

一回診療權(일회진료권).

기껏 휘날려 쓴 것이 일회진료권이라니. 잘못했으면 입에 있던 음식을 모두 뱉어낼 뻔했다.

"야, 아프면 이거 가지고 와라. 돈 안 받고 치료해 줄게."

일훈의 얼굴은 어느새 발갛게 달아올라 있었다.

"얼른 안 받냐?"

"받을게. 이럼 확실히 공짜는 아니니까."

청월은 종이를 곱게 접어 품에 넣었다. 그의 말이 떨어지기 무섭게 일훈이 젓가락을 놀렸다. 그는 참았던 식욕을 대방출하며 음식을 쓸어 담았다.

"우와, 맛있다. 맛있어."

일훈은 젓가락질을 할 때마다 감탄을 터뜨렸다.

의방에선 항상 간단한 나물로 끼니를 때웠다. 이런 진귀한 음식은 한 번도 맛보지 못했다. 그는 어느새 아귀가 되어 요리를 탐했다.

"야, 이건 무슨 요리냐?"

일훈이 두부가 떠 있는 접시를 가리켰다.

"게살두부."

"진짜 입에서 사르르 녹네. 넌 이런 거 매일 먹냐?"

"나도 자주는 안 먹어."

"그렇지? 하긴 아무리 너라도 이렇게 비싼 건 매일 먹을 순 없을 거야. 암."

"그건 아니고, 별로 좋아하질 않아서."

"……"

청월의 대답에 일훈은 할 말을 잃었다.

일훈은 한숨을 쉬며 젓가락을 놓았다. 마땅치 않은 대답을 들으니 식욕이 뚝 떨어졌다. 사실 배가 부르기도 했다.

잠시 침묵이 흐르는 가운데 청월이 먼저 운을 뗐다.

"넌 내가 싫으니?"

청월이 단도직입적으로 물었다.

저번에 마주쳤을 때도 그렇고 지금까지의 태도를 보아도 일훈은 결코 그에게 호의적이지 않았다. 그 이유를 알고 싶었다.

"뭐 딱히 널 싫어하는 건 아니야."

일훈은 머리를 긁적이며 말했다.

"난 그냥 돈 많은 놈들이 싫어. 그런 놈들이 떵떵거리며 다른 사람들을 무시하는 게 싫다고."

"옛날에 안 좋은 일이라도 있었어?"

"당연히 있었지."

"말해줘. 듣고 싶어."

"공짜로?"

일훈의 얼굴에 묘한 미소가 어렸다.

청월이 자신의 과거를 궁금해하는 이유는 알 수 없었다. 하지만 이를 빌미로 다시 한 번 포식할 수는 있을 것이다.

"맞아. 넌 공짜 싫어한다고 했지?"

청월은 웃으며 품에 손을 넣었다. 그가 꺼낸 것은 다름 아닌 일회진료권이었다.

"…너 정말 이러기냐?"

"왜? 이거 엄청 대단한 거 아니야?"

"그게 맞기는 한데……."

일훈은 어찌할 줄을 몰랐다. 설마 이런 식으로 한 방 먹을 줄은 몰랐다.

생긴 건 순진하게 생겼는데 제법 꾀를 부릴 줄 아는 녀석이다.

"장난이야. 이건 꼭 필요할 때 쓸 거니까."

청월은 진료권을 집어넣었다.

"또 한 번 이렇게 맛있는 거 먹자. 그 정도면 말해줄 수 있지?"

"흐흠. 뭐, 그 정도면 될 것 같아."

일훈은 헛기침을 한 뒤 목을 축였다. 과거를 꺼내자면 입이 조금 아플지도 몰랐다.

"어떤 돈 많은 망나니 때문에 우리 엄마가 죽었어."

그는 담담하게 운을 뗐다.

때는 일훈이 일곱 살 무렵이었다.

그의 어머니는 산에서 나물을 캐던 중 도적 무리에게 습격을 당했다.

마을의 무사가 수습하여 도적은 물리쳤지만 가슴에 큰 상처를 입고 말았다.

"엄마, 엄마, 정신 차려!"

일훈은 어머니의 몸을 세차게 흔들었다. 그래도 어머니는 의식을 차리지 못했다. 출혈로 인해 피부가 새하얗게 변했고 입술도 파랬다.

칭칭 둘러맨 옷자락 틈에선 새빨간 피가 넘실댔다.

어린 일훈이었지만 두 가지는 알 수 있었다.

어머니의 상태가 심각하다는 것, 이대로 있다간 세상을 떠날 수도 있다는 것을 말이다.

"안 되겠다. 어서 의방으로 가자."

옆집 청년이 어머니를 업고 의방으로 향했다. 일훈은 팔을 휘저으며 청년의 뒤를 쫓았다.

간신히 도착한 의방이었지만 곧바로 진료를 볼 순 없었다.

의원이 다른 환자를 보고 있다는 이유 때문이었다.

"우리 엄마, 엄청 아파요. 들어가게 해주세요."

일훈은 진료소를 지키고 있는 문지기에게 애원했다. 그는 무릎을 꿇고 두 손을 싹싹 빌었다. 얼굴은 어느새 눈물과 콧물로 범벅이 되었다.

아버지 없이 자란 그에게 어머니는 인생의 전부였다.

"부탁이에요. 의원님이 어머니를 보게 해주세요."

"안 된다. 진료 중에는 누구도 안에 들일 수 없어."

"이봐요, 이분의 상태를 보라구요."

보다 못한 청년이 나섰다. 하지만 그 역시 우람한 체구의 문지기를 막을 수는 없었다.

결국 그들은 의원을 기다릴 수밖에 없었다.

초조했다.

기다리는 일분일초가 지옥 같았다.

일훈은 손톱을 물어뜯으며 진정하려 애썼다. 그의 시선은 진료실 문에서 떨어질 줄을 몰랐다. 마음으로는 이미 수백 번 문을 열고 닫았으리라.

덜컹.

마침내 문이 열렸다. 안에서 모습을 드러낸 것은 피부가 허연 부잣집 도련님이었다. 그의 손에는 한 첩의 보약이 들려 있었다.

"이거 효과는 확실한 거죠?"

"몸에 좋은 약초만 골라 넣었으니 당연하죠. 힘이 넘친다고 절 원망하시면 안 됩니다?"

의원과 청년은 서로를 보며 너털웃음을 터뜨렸다.

"......"

순간 일훈의 눈에 불꽃이 튀었다. 고작 저따위 인간 때문에 어머니의 진료가 늦춰지다니 믿을 수가 없었다.

그는 서둘러 의원에게 달려갔다.

"그 뒤는 어떻게 됐을 것 같아?"

일훈이 물을 들이켠 뒤 물었다.

옛이야기 때문인지 눈시울이 붉어졌다.

"어머니가… 돌아가셨구나."

"그래. 돈 지랄하는 도련님과 돈밖에 모르는 의원 놈 때문에 어머니가 돌아가셨어. 지금도 그때 생각이 하면 이가 갈려."

일훈은 잠시 뜸을 들인 뒤 말을 이었다.

"어머니는 살 수 있었어. 일각만 일찍 치료를 받았다면 살 수 있었어."

그가 담담하게 말을 마쳤다.

대화가 끝나자 잠시 침묵이 감돌았다. 일훈은 슬픔을 삭이려는 듯 창밖을 응시했다. 바람 줄기가 위로라도 하듯 그의 머리를 간질였다.

'그런 일이 있었구나.'

청월은 이해할 수 있었다. 일훈이 보자마자 그에게 시비를 걸었던 이유를 말이다.

청월이 어색해하는 사이 일훈이 먼저 운을 뗐다.

"근데 날 여기로 왜 불렀냐?"

일훈이 물로 입을 헹구며 물었다.

잘나가는 신풍문의 공자가 어찌 자신을 찾았을까. 그는 오면서부터 그 점이 궁금했다.

"그거 말하기 전에 한 가지만 물어볼게."

"맘대로 해."

"넌 꿈이 뭐니?"

청월은 초롱초롱한 눈빛으로 일훈을 응시했다. 전혀 예상 밖의 질문이었기에 일훈도 즉답을 할 수 없었다. 그는 잠시 천장을 응시한 뒤 입을 뗐다.

"만룡방 의원님처럼 멋진 의원이 될 거야. 사람을 품고 사람을 사랑하는 의원이 될 거야."

"그거 다행이다."

청월은 신나서 손바닥을 마주 쳤다.

일훈의 대답은 그가 듣고 싶었던 대답에 꽤나 가까웠다.

"너 꿈을 더 크게 꾸는 게 어때? 기왕이면 중원 최고의 의원이 되는 거야."

"그건 또 무슨 뜬금없는 소리야?"

"난 중원 최고의 무사가 될 거거든. 근데 그러면 아픈 사람을 치료할 수가 없어. 그러니까 네가 최고의 의원이 돼서 나와 내 주변의 사람을 치료해 줘."

청월의 말에 일훈의 얼굴이 묘하게 일그러졌다. 그것은 명백하게 웃음을 참는 모습이었다.

"푸하하하하하하!"

결국 그는 박장대소했다.

일훈은 배를 잡고 방바닥을 데굴데굴 굴렀다. 이렇게 시원하게 웃는 건 정말 오랜만이었다. 청월이라는 녀석, 알고 보니 매우 웃긴 녀석이다.

"너, 진심이냐?"

일훈이 눈가를 훔치며 말했다.

"진심이야. 난 반드시 중원 제일의 무사가 될 거야."

"바보 같은 소리 하지 마. 그게 말이 되니?"

"그건 두고 보면 알 거야. 난 옛날부터 허튼소리는 한 적 없어."

청월이 단호하게 말했다.

그는 중원 제일의 무사가 되기로 마음을 굳혔다.

그 길이 아무리 험난하더라도 반드시 넘어 보일 것이다. 그렇게 되면 만청이 같은 친구를 살리고 죽음도 극복할 수 있으리라.

"그럼 한 가지만 묻자. 내가 중원 제일의 의원이 되면 돌아오는 건 뭐야?"

"내가 널 지켜줄게. 내 무공으로 누구도 널 손대지 못하게 할 거야."

"보표라도 되겠다는 거야?"

"그럴 수도 있지."

청월의 대답 이후 잠시 침묵이 흘렀다. 일훈은 팔짱을 낀 채 무언가를 골똘히 고민하는 듯했다. 그는 곧 묘한 미소를 지으며 손을 내밀었다.

"뭐, 이런 각오도 나쁘지 않을 것 같아."

"각오가 아니야. 꼭 되어야 한다고 약속해."

청월은 굳은 표정으로 약지를 내밀었다.

청월이 뿜어내는 묘한 박력에 일후는 약지를 걸 수밖에 없었다.

그는 뒤늦게 깨달았다.

중원 제일의 무사가 되겠다는 청월의 말이 결코 허튼소리가 아니라는 것을.

두 사람은 함께 객잔을 나섰다.

햇살은 따뜻했으며 시원한 바람이 소매를 뒤흔들었다. 표국의 마차가 대로를 가로질렀으며 행인들은 삼삼오오 광장에 모여 있다.

"우리 내기할래?"

"무슨 내기?"

청월의 말에 일훈이 어깨를 으쓱했다. 지금 상황에서 무슨 내기를 하자고 하나 싶었다.

"누가 먼저 목표를 이루는지 말이야. 내가 먼저 중원 제일의 무사가 될지, 아니면 네가 먼저 중원 제일의 의원이 될지."

"뭐야? 결과가 뻔히 나와 있잖아."

일훈이 검지로 자신을 가리켰다.

"난 벌써 침도 놓을 줄 안다고. 넌 검도 제대로 든 적 없지?"

"목검이라면 써봤어. 조금만 연습하면 진검도 쓸 수 있을 거야."

"꿈도 야무지시네."

일훈이 피식 웃었다. 그리고 기회를 잡았다 싶었는지 조건을 걸었다.

"내기에 진 사람이 소원을 들어주는 건 어때?"

"어떤 걸로?"

"나는 중원 제일의 의원이 될 거니까 중원 제일의 미녀와 결혼하고 싶어."

"에계계, 고작 그거야?"

"고작 그거라니? 넌 갖고 싶은 게 뭔데?"

"난… 평생 공짜로 침 맞을래."

"소박한 건 네 쪽이잖아."

일훈과 청월은 서로를 보며 환하게 웃었다.

서로 다른 길을 향하는 두 소년.

그들의 꿈이 가을과 함께 무르익고 있었다.

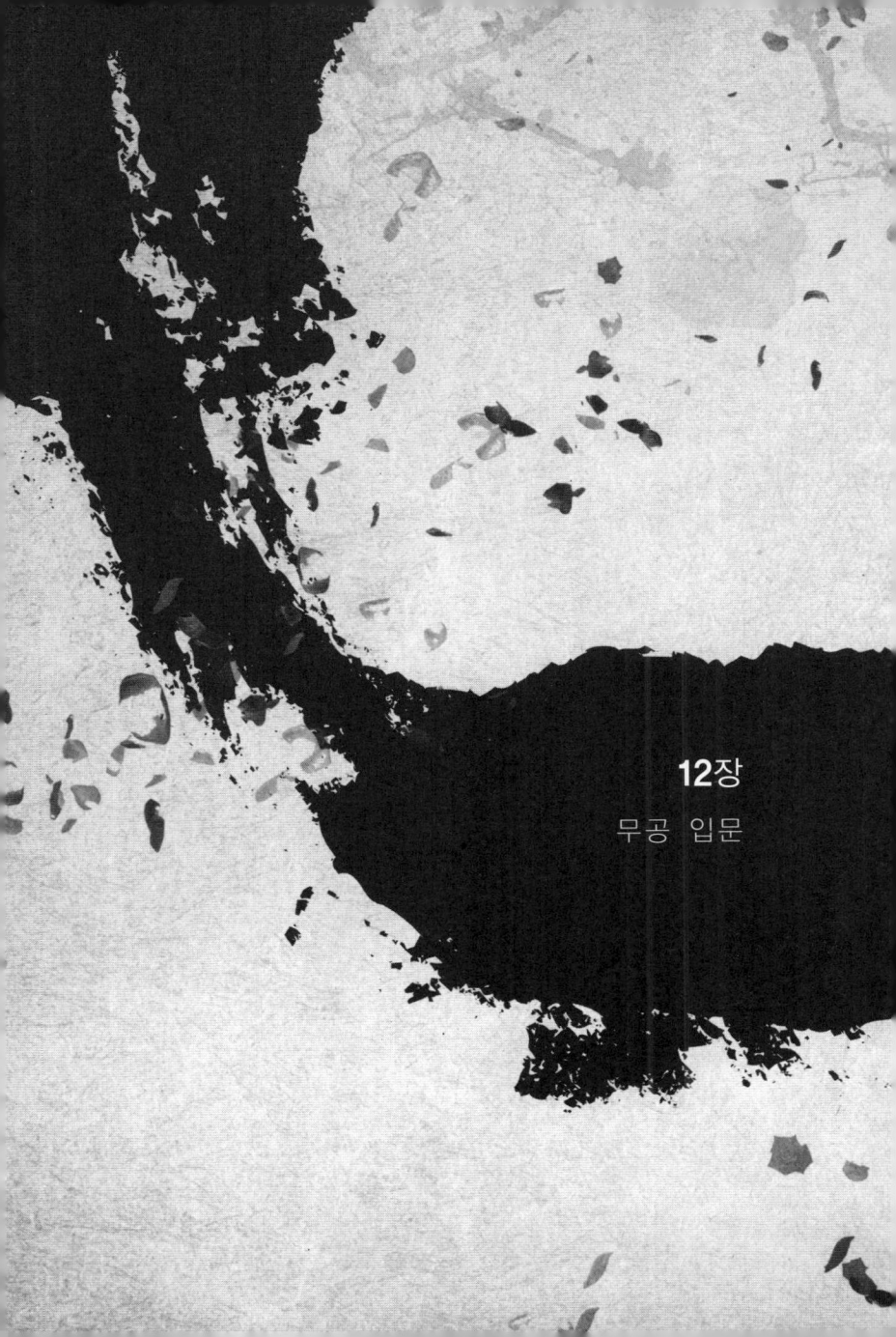

12장

무공 입문

가을이 가고 겨울이 찾아왔다.

풍성했던 나무들은 모두 헐벗었으며 바람도 칼날처럼 매서워졌다.

허공에 후우 입김을 불면 하얀 김이 구름처럼 퍼져 나갔다.

터벅터벅.

청월은 걷고 있었다.

휘파람을 불며 신나게 걷고 있었다. 그의 발걸음이 향한 곳은 다름 아닌 백호단이었다.

"야호! 드디어 해냈다!"

하늘 향해 쭈욱 두 손을 뻗었다.

한 달이라는 지루한 고생 끝에 드디어 목표를 이루었다. 아버지를 설득하여 무공 수련을 하게 된 것이다. 오늘이 있기까지 청월은 엄청난 노력을 쏟아 부었다.

본래 신풍문은 골격이 자리 잡은 후에 무공을 가르친다.

두 형이 열 살이 넘어서 검을 든 것은 다 그 때문이었다. 하지만 청월은 갖가지 투정을 부려 그 시기를 앞당겼다.

밥을 먹으면서 땅이 꺼져라 한숨을 쉬었고,

아버지에게 문안 인사를 드릴 땐 '무공을 배우면 참 좋을 것 같은데. 할머니도 기뻐하고' 하는 식의 혼잣말을 중얼거렸다.

그뿐만이 아니었다. 그는 당돌하게 무공을 일찍 배워야 하는 이유를 편지로 적기도 했다.

성현의 말과 고전을 인용한 문구는 청문일을 괴롭게 만들었다.

"이놈이 지금 아비를 재촉하는 건가?"

청문일은 편지를 내려놓으며 미간을 찌푸렸다. 청월이 하는 행동은 전례가 없었다.

첫째와 둘째 역시 무공에 대한 열정이 컸지만 정해진 시기를 지켰다.

청월처럼 대놓고 투정을 부리진 않았다.

"몸과 마음을 닦아야 비로소 올바른 무를 실천할 수 있거늘. 이 녀석은 어찌 이리 급한 것인지."

청문일은 혀를 찼다.

그는 다른 문주들과 다른 의식을 가지고 있었다.

명문 정파의 경우 자식들이 태어나면 무공을 가르치기에 바빴다. 갖은 영약을 먹이고 최대한 빨리 초식을 익히도록 독촉했다.

하지만 몸도 마음도 여물지 않은 상태에서 무공을 배워봤자 그것은 하등 도움이 되지 않았다. 게다가 아이의 자질이 다른 쪽에 있을 수도 있었다.

무공이란 본디 아이의 성정과 그릇을 지켜본 뒤 가르쳐도 늦지 않았다.

그것이 청문일이 가진 철학이었다.

그러나 그의 철학도 아들의 투정을 막지는 못했다. 시무룩한 강아지 꼴을 하고는 무공을 배우고 싶다 하는 막내. 그를 못 본 체하기란 너무나 어려웠다.

"너 좋을 대로 하거라."

"무공을 배워도 좋다는 말씀이시죠?"

"그래. 대신 힘들다고 울고불고 난리치면 혼날 줄 알아."

바로 어제 청문일은 청월의 무공 수련을 허락했다. 그리고 백호단주 용문상에게 기초적인 수련을 지시했다.

"우리 엄청 노력해야 돼. 많이 뒤처졌다고."

청월은 허리춤에 찬 목검을 응시했다. 목검은 마치 대답이라도 하듯 앞뒤로 움직였다.

무공을 배우겠다고 조르던 한 달.

청월에겐 그날이 지옥 같았다. 그는 시작도 못하고 있는데 일훈은 실력이 부쩍부쩍 늘어가고 있었던 것이다. 일훈은 이제 침술뿐만 아니라 약학에도 손을 대고 있었다.

각종 약초를 섞어 금창약을 만들거나 탕약을 끓이기도 했다.

그의 행보는 청월에 비하면 눈부실 정도로 빨랐다.

이러다간 꼼짝없이 천하제일의 미녀를 소개시켜 줘야 할 판국이다.

생각에 잠긴 사이 백호단에 도착했다.

백호단의 공터는 고요했으며 휭한 바람만이 중심부를 가로질렀다.

백호단의 무공 수련은 본래 사시(巳時)에 시작됐다. 아직 무사들이 자리를 지킬 시간은 아니었다.

"하아아아압!"

"이야야얍!"

어디선가 기합 소리가 터졌다.

우렁찬 목소리는 무척이나 낯익었다. 두 목소리는 엉켜서 마치 서로를 잡아먹을 듯했다. 청월은 단번에 소리의 근원지로 향했다.

그곳에는 청호와 청풍이 있었다.

그들은 진검을 들고 대련 중이었다. 햇살을 받은 검은 푸른빛을 띠었으며 움직일 때마다 공기를 베어냈다.

청월은 숨을 죽인 채 비무를 지켜보았다.

긴장됐다.

진검이 주는 무게감이 가슴을 짓눌렀다. 누구 한 명이라도 검을 잘못 놀리면 죽거나 큰 부상을 입을 수 있었다. 청월은 형들이 다치는 것을 보고 싶지 않았다.

"아직은 내가 한 수 위인 것 같은데?"

청풍의 얼굴에 비릿한 미소가 걸렸다.

그는 검을 맞대는 척하면서 빙그르르 반원을 그렸다. 검을 뻗은 청호로서는 그야말로 낭패인 상황이었다. 뒤늦게 검의 궤적을 바꾸었지만 때는 늦었다.

톡톡톡.

청풍이 검 등으로 허리를 톡톡 쳤다. 뒤를 잡았다는 표시를 한 것이다.

이번 비무는 두말할 것도 없이 완패했다.

"이걸로 사십전 오승 삼십오패네."

청호의 얼굴에 씁쓸한 미소가 어렸다. 그는 검을 거둔 후 이마의 땀을 훔쳤다. 진검을 들고 대련을 펼친 지도 대략 일곱 달이 지났다.

진검을 먼저 든 것은 청호였지만 청풍은 그런 그를 무섭게 쫓아왔다. 최근에 들어서는 단 한 번도 둘째를 이기지 못했다.

이른바 재능의 차이였다.

청풍은 무골의 재능을 타고났으며 거기에 스스로의 땀방울을 더했다.

자질과 노력이 함께 길을 만드니 도무지 쫓아갈 수가 없었다.

짝짝짝짝!

커다란 박수가 터졌다.

청월이 형들에게 보내는 찬사였다. 그는 형들을 향해 경외의 눈빛을 보냈다.

"우와! 형들, 되게 멋있다. 이젠 진짜 무사 같아."

"당연한 거 아니겠어?"

청풍이 코를 세우며 말을 이었다.

"근데 너 오늘부터 무공 배운다며?"

"맞아."

"열심히 해봐라. 어차피 나한테는 안 되겠지만."

"아닐 걸? 난 중원 제일의 무사가 될 거야. 그러니까 형은 중원 제이의 무사가 되어야 해."

"당돌하기는."

청풍은 피식 웃으며 청월의 머리를 쓸어주었다.

최근의 청월은 보기 좋았다. 머리를 자르니 수려한 외모가 드러났고 전처럼 암울한 분위기를 뿜어내지도 않았다. 할머니의 그늘을 이제 완전히 떨쳐낸 듯 보였다.

"다들 여기 모여 계셨군요."

한 사내가 모습을 드러냈다.

넓은 이마와 선한 눈매를 가진 중년인은 바로 백호단주 용문상이었다.

그는 세 형제를 보며 미소를 지었다.

"아침부터 수련을 하셨군요. 보기 좋습니다."

"나중엔 저희가 문파를 이끌어 나가야 하잖아요. 열심히 해야죠."

"백번 옳으신 말씀입니다."

청호의 답변에 용문상이 고개를 끄덕였다.

첫째인 청호는 무에 자질은 다소 부족했지만 없으나 사람과 미래를 읽는 안목이 탁월했다.

문주인 청문일 역시 그에게 차기 문주를 맡길 것이라 했다.

"그나저나 오늘은 청월 공자님과 먼저 시간을 보내야겠습니다. 가실까요?"

"네!"

청월은 밝게 대답하며 용문상을 따랐다.

그들은 반각 정도 걸어 실내 비무장에 도착했다. 비무장은 깔끔하게 정리되어 있었으며 벽을 따라 갖가지 병기구가 늘어서 있었다.

두 사람은 비무장 중앙에 마주 섰다.

"무공이 그리 배우고 싶으셨습니까? 문주님께서 제게 앓는 소리를 하시더군요."

"헤헤, 어쩔 수 없었어요."

청월은 머리를 긁적이며 말을 이었다.

"전 하루라도 빨리 중원 최고의 무사가 되어야 해요. 그래야……."

'소중한 사람에게 닥칠 죽음을 막을 수 있어요' 라고 말하고 싶은 것을 겨우 참아냈다.

"포부가 크신 것이 아주 좋습니다. 무릇 사내는 하늘을 품을 정도로 큰 포부를 가져야 하지요."

용문상은 웃으며 청월을 살폈다.

청월의 허리에 목검을 차고 있고 팔과 다리에는 작은 주머니가 둘러져 있다. 가만히 보니 손에는 물집과 굳은살이 가득했다.

그는 무언가를 눈치 챘다.

"혹시 그동안 혼자서 수련을 하셨습니까?"

"네. 조금요."

"그럼 검술을 한번 보여주시죠."

"웃으면 안 돼요?"

청월은 호흡을 고르며 목검을 손에 쥐었다.

검을 손에 쥐자 방금 전의 쑥스러운 모습이 온데간데없이 사라졌다.

그의 눈빛은 진중하게 가라앉았으며 온몸이 일검을 위한 준비를 펼쳤다.

휘이이이이익!

목검이 허공을 갈랐다. 검은 흉흉한 기세를 뿜으며 일자를 그렸다. 단순한 세로 베기였지만 자세와 손놀림 모두가 깔끔했다.

하루아침 연습한 것으로는 이런 수준에 오를 수 없었다.

'대단해. 어쩌면 둘째 공자님보다 자질이 좋을지도.'

용문상은 혀를 찼다.

더욱이 청월은 양손과 팔에 모래주머니를 차고 검술을 펼쳤다. 이를 풀어낸다면 검술의 위력은 배가 될 것이다.

"어때요?"

청월은 검을 거두고 거친 숨을 뱉어냈다.

또 검이 만들어내는 시원한 바람에 취하고 말았다. 그는 무아지경에 빠져 무려 반각 가까이 검을 휘둘렀다.

"훌륭합니다. 그런데 일단 숨을 고르셔야겠군요."

"그죠?"

청월이 멋쩍게 웃었다.

"이상하게 한번 검을 들면 놓기가 힘들어요."

"집중력이 그만큼 좋다는 뜻입니다. 쉬는 동안 배워야 할 것에 대해 말씀드리도록 하죠."

용문상이 운을 뗐다.

"아시다시피 신풍문의 무공은 모두 바람의 이치를 담아 만들어졌습니다. 그래서 그 속성이 쾌(快)하고 변화무쌍합니다. 제 시범을 한번 보시지요."

용문상이 몸을 놀렸다.

그는 신풍문의 신법 중 하나인 일진광풍(一陣狂風)을 펼쳤다.

그의 몸놀림은 마치 제비처럼 날렸으며 움직일 때마다 매서운 바람이 불었다.

청월로서는 그를 쫓는 것조차 벅찼다.

"질풍섬."

담담한 목소리와 함께 검이 허공에 뻗었다. 발도의 이치를 담은 최상의 쾌검이 펼쳐진 것이다.

치이이이이익!

검이 공기를 찢으면서 날카로운 기압이 발생했다.

그 기압으로 인해 벽면에는 기다란 상처들이 남았다. 질
풍섬은 검격 그 자체뿐만 아니라 예기 또한 강력한 무기가
되었다.

"잘 보셨습니까?"

"진짜 진짜 멋있어요!"

청월은 검지를 치켜세웠다. 그는 태어나서 이렇게 멋진
무공을 처음 보았다.

용문상의 신위를 보고 나니 무공에 대한 의욕이 더욱 샘
솟았다.

"신풍문의 무공은 결코 명문 정파의 무공에 꿀리지 않습
니다. 모든 것은 그걸 익히는 사람의 자질과 노력의 문제지
요."

"네."

청월은 기합을 바짝 넣어 대답했다. 그런 그를 보며 용문
상은 환하게 웃었다. 그 역시도 무공을 처음 배울 때 저런
눈빛이었다.

"그럼 우선 문파의 심법인 선풍신법을 알려드리겠습니
다. 심법이 무엇인지는 알고 계십니까?"

"자연에 존재하는 진기를 축척하는 방법, 그걸 심법이라고 해요."

"정확히 알고 계시군요."

용문상이 고개를 끄덕인 뒤 말을 이었다.

"잘 아시겠지만 심법은 모든 무공의 기초가 됩니다. 인간의 힘으로는 집채만 한 바위도 들 수 없고 강철을 가를 수도 없습니다. 하지만 자연의 기를 이용한다면 못할 일이 없지요."

용문상은 그렇게 말하고 청월을 앉혔다. 그리고 혈을 짚은 뒤 천천히 진기를 불어넣었다. 본래 초심자에게는 기운을 불어넣어 기류를 느끼게 해주는 것이 정석이었다.

'아니, 이건?'

용문상은 화들짝 놀랐다.

청월은 이미 임독양맥이 타통된 상태였다. 머리부터 발끝까지 혈이 모두 뚫려 있으며 그 틈으로 엄청난 양의 진기가 흘렀다.

그 흐름은 마치 파도처럼 심오하고 강력했다.

초절정에 이른 그조차도 청월만큼 진기의 양과 흐름을 가지지 못했다.

'이럴 리가 없는데.'

용문상은 재차 진기를 불어넣었다. 하지만 결과는 전과

조금도 달라지지 않았다.

그가 흘려 넣은 공력은 청월에게 내재된 공력에게 쓸려 금방 자취를 감추었다.

참으로 귀신이 곡할 노릇이었다.

"공자님, 혹시 요새 몸이 이상하지 않으십니까?"

"이상하다니, 뭐가요?"

청월이 고개를 갸웃했다.

"하단부가 뜨끈뜨끈하다든가, 온몸에 힘이 넘친다든가 하는 것 말입니다."

"그걸 어떻게 알았어요?"

"몸을 살펴보니 그런 징후가 있습니다."

"사실 이런 말 하면 웃긴데, 나… 힘이 넘쳐요."

청월은 용문상의 눈치를 보며 말을 이었다. 자신이 생각해도 말뜻이 이상하다고 느낀 것이다.

"모래주머니를 찬 것도 그것 때문이에요. 힘이 너무 나니까 이렇게라도 눌러 보려고."

"그러셨군요."

용문상이 작게 고개를 끄덕였다.

아무래도 자세한 건 문주와 이야기를 해봐야 알 듯했다.

공자조차도 자신의 몸이 변한 이유를 모르고 있으니 말이다.

"어쨌거나 공자님은 심법을 익히실 필요가 없습니다."

"왜요?"

청월이 눈을 동그랗게 떴다.

심법 없는 무공은 팥 없는 찐빵이다. 그렇게 말한 것이 바로 용문상이었다.

"공자님의 몸은 이미 스스로 심법을 운용하고 있습니다. 그것도 범인들은 상상도 못할 방식으로 말이죠. 그러니 운기행공하는 법만 알려드리겠습니다."

용문상은 헛기침을 한 뒤 말을 이었다.

"숨을 천천히 깊게 들이쉬세요. 호흡을 따라가다 보면 조금 시린 기운이 느껴질 겁니다. 그것이 바로 진기입니다. 진기가 느껴지면 그 힘이 움직이는 것을 잘 살피세요."

"……"

청월은 대답을 하지 않았다.

정확히 말하면 대답을 하지 못했다. 진기를 느끼는 일에는 고도의 집중력이 필요했다.

반 시진이 지난 뒤 청월은 간신히 눈을 떴다.

그는 처음으로 느껴본 진기의 맛에 흠뻑 빠졌다. 운기행공을 펼치니 약동하는 공력이 느껴졌고 몸도 개운했다.

"어떠십니까?"

"기분이 되게 좋아요. 구름 위에 떠 있는 것 같아요."

청월은 자신도 모르게 미소를 지었다.

"무림인이라면 운기행공은 밥 먹듯이 해야 합니다. 정기신(精氣身)을 살필 수 있는 매우 중요한 일이죠."

"네."

"그럼 지금부터는……."

용문상이 검을 뽑아 들었다. 동시에 샤르릉 하는 맑은 소리가 울려 퍼졌다.

"검술을 알려드리겠습니다."

본격적인 무공 수련이 시작되었다.

*   *   *

신풍문의 비무장.

넓은 비무장을 차지한 것은 단 두 사람이었다.

그 주인공은 백호단주 용문상과 공자 청월이다. 가르치고자 하는 열의와 배우고자 하는 열의가 엉키면서 비무장의 열기는 뜨거웠다.

"가장 먼저 배우셔야 할 것은 화풍검법입니다."

용문상이 말을 이었다.

화풍검법(和風劍法)은 신풍문의 모든 검법에 기초가 되는 검법이다.

화풍검법은 이름처럼 부드럽고 유연한 움직임에 중점을 두어 만들어졌고 초식들은 단순했지만 그것들을 모두 엮으면 물처럼 거침이 없었다.

용문상은 손수 몇 가지 초식을 펼쳤다.

가장 기본이 되는 화풍일섬에서 화풍난무까지. 그의 검에선 항상 싱그러운 바람이 피어났다. 한편 청월은 그의 검무를 그저 황홀하게 쳐다보았다.

아름다웠다.

검이란 것은 그저 목숨을 지키는 무기라 생각했다. 하지만 오늘 본 검격들은 하나같이 예술에 가까웠다.

그것은 명필가들이 정성 들여 붓을 놀리는 것과 다르지 않았다.

"이제 한번 해보시겠습니까?"

용문상이 검을 거두었다.

청월은 고개를 끄덕인 뒤 목검을 쥐었다.

용문상의 뛰어난 검술에 다소 주눅이 들긴 했지만 여기서 포기할 순 없었다.

중원 제일이 되기 위해선 언젠가 백호단주도 넘어서야 했다.

"시작할게요."

청월은 눈을 부릅뜨고 목검을 놀렸다.

휘이이이이이익!

검이 허공을 세로로 그었다.

언뜻 보면 평범하기 그지없는 세로 베기였지만 그것은 화풍검법의 일초식 화풍일섬이었다.

일자로 내리긋는 목검은 언제든지 사선으로 세워서 상대의 어깨를 노릴 수 있었다.

단순하지만 수많은 변초를 지닌 기본 초식이다.

"처음치고는 잘하시는데요?"

"아니에요. 이게 아니에요."

청월은 입술을 뾰족 내밀었다.

수련을 돕는 용문상이 좋다고 하는데 본인이 이를 마땅치 않게 여기는 것이다.

이는 매우 이례적인 일이었다.

그것도 그럴 것이, 제자가 스승의 칭찬을 차버리는 일이기 때문이다.

청월이 다시 검을 놀리기 시작했다.

그는 오로지 화풍일섬에만 매진했다.

화려하고 멋진 초식이 잔뜩 있음에도 기초적인 일검에만 매달렸다. 하나를 끝내지 않으면 다음으로 넘어갈 수 없다는 것이 그의 신조였다.

'의외로 끈질긴걸.'

용문상은 청월을 보며 어깨를 으쓱했다.

화풍일섬은 기초 중에 기초적인 초식이다. 잘 쓰면 효과적이긴 하나 이를 익히는 일은 무척 지루했다.

청풍과 청호 역시 서너 번을 따라 한 뒤 다른 초식으로 넘어갔었다.

하지만 청월은 그렇지 않았다.

그는 죽기 살기로 화풍일섬에 매달렸다.

작은 것도 놓치지 않겠다는 집념이 보이는 대목이다.

"됐다."

반 시진이 지난 뒤 청월이 밝게 웃었다. 잠시 딴생각을 했던 용문상도 그제야 정신을 차렸다.

"다시 봐주세요."

청월이 씩씩하게 다시 검을 놀렸다.

휘이이이익!

맑은 소리와 함께 검이 일자로 바닥을 내리그었다. 이 자리에 누군가가 있었다면 이렇게 말했을지도 모르겠다. 너 반 시진 동안 뭐한 거냐고.

겉으로 봤을 때는 전과의 차이점을 전혀 느낄 수 없었다.

"……."

용문상은 할 말을 잃었다.

완벽했다. 청월의 일검이 지나치게 완벽했던 탓이다. 힘과 속도만 붙는다면 용문상 자신의 검격과 다를 바가 없었다.

"어때요?"

청월이 또랑또랑한 눈매로 그를 보았다.

그의 모습은 마치 칭찬을 바라는 강아지와 같았다.

"흠잡을 데가 없군요. 어떻게 반 시진 만에 이런 경지에 오르셨습니까?"

"풍로(風露)를 봤거든요."

"푸, 풍로요?"

용문상은 자신도 모르게 얼빠진 소리를 했다. 검로는 들었지만 풍로라는 이야기는 처음 들었다.

"전 아까 초식 보여줄 때 검은 제대로 못 봤어요. 오히려 바람을 봤지."

청월이 배시시 웃으며 말했다.

그랬다.

그가 자세히 살핀 것은 검의 궤적이 아닌 바람의 궤적이었다.

검을 휘두를 때 공기가 어떻게 움직이는지, 소리는 어떻게 났는지를 확인했다.

청월은 오래전부터 생각해 왔다.

신풍문의 무공은 반드시 바람 그 자체가 되어야 한다고.

검은 단지 그 바람을 만들어주는 도구에 불과하다고.

그래서 청월은 지난 한 달간 혼자서 열심히 수련했다. 아버지의 허락을 받기 전이라서 독학을 할 수밖에 없었다.

"아까 단주 아저씨가 화풍일섬 펼칠 때요. 앞머리가 살짝 반으로 갈라졌거든요. 근데 이젠 저도 그렇게 돼요."

청월이 목검을 휘둘렀다.

과연 그의 머리가 풍압으로 인해 살짝 갈라졌다. 청월의 기막힌 대답에 용문상은 벼락이라도 맞은 것 같았다. 등골이 찌릿찌릿하며 머리가 하얗게 변해갔다.

신풍문의 무공을 이런 식으로 접근한 이는 여태껏 아무도 없었다.

심지어 문주인 청문일조차도 말이다.

'무림에 진짜 바람이 불지도 모를 일이구나.'

용문상은 묘한 표정으로 청월을 응시했다.

13장

소년에서 청년으로

날이 어둑어둑해졌다.

하늘은 캄캄했으며 어디선가 밤벌레 울음소리가 들려왔다.

청월은 비무장 바닥에 대자로 뻗었다.

온몸이 땀으로 범벅이 되었으며 팔다리가 사시나무처럼 떨려왔다.

무려 반나절 동안 검을 놀렸다. 검을 휘두를 때는 그래도 통증을 참을 수 있었건만 수련이 끝나니 피로가 한꺼번에 밀려들었다.

"처음부터 너무 무리하시는 거 아닙니까?"

용문상이 걱정스런 표정으로 물었다. 그는 한구석에 놓인 수통을 그에게 건넸다. 청월은 기다렸다는 듯 단번에 물을 비웠다.

"푸하!"

청월이 신음을 뱉으며 말을 이었다.

"무리해야 해요. 난 중원 제일의 무사가 되어야 하니까요. 그것도 빨리요. 늦으면 친구한테 중원 제일의 미녀를 소개시켜 줘야 하거든요."

"속사정이… 있으신가 보군요."

"네."

청월이 담담하게 대답했다.

그는 머릿속으로 오늘 배운 초식들을 떠올렸다.

초식들의 풍로는 정확하게 기억하고 있으니 이것들을 제 살로 만들어야 했다.

화풍검법은 총 십이초식이 있었는데 오늘은 고작 두 개의 초식을 터득했다. 뒤로 갈수록 검격이 복잡해질 것이니 꽤 오랫동안 수련해야 하리라.

"근데요, 저 하나만 물어봐도 돼요?"

"말씀하시죠."

"그게… 무림에서 가장 강한 사람이 누구예요?"

청월은 용기를 내어 입을 열었다.

그의 목표는 중원 제일의 무사가 되는 것이다. 이를 위해선 지금 가장 강한 무사를 넘어서야 했다.

청월로서는 피해갈 수 없는 질문을 한 셈이다.

"하하, 그것 참 답하기 힘든 질문이군요."

용문상이 너털웃음을 터뜨렸다.

"무림에는 수많은 강자가 있습니다. 이미 명성을 날린 사람도 있고 실력을 드러내지 않고 은거 중인 사람도 있지요. 쉽게 천하제일을 논할 수는 없습니다."

"그래도 정말 센 사람이 있지 않아요?"

"뭐, 굳이 꼽자면……."

용문상은 턱을 쓸어내리며 생각에 잠겼다. 몇몇 인물이 떠올랐다가 사라지기를 반복했다. 그리고 마침내 단 한 명만이 살아남았다.

그자의 이름을 꺼내는 것은 거북했지만 그의 무위만큼은 중원에 전설로 남아 있다.

"혈귀(血鬼) 화룡천입니다."

"혈귀라고 하면……."

"그렇습니다. 흑도의 무사입니다."

용문상이 담담하게 말했다.

화룡천이 모습을 드러낸 것은 이십 년 전의 일이다. 당시 무림을 폭풍처럼 뒤흔든 것은 대혈전이었다.

대혈전(大血戰).

그것은 중원의 정파와 흑도가 진검 승부를 펼친 전쟁이었다. 대혈전이 있기 전까지만 해도 정파와 흑도 간의 사이는 그다지 나쁘지 않았다.

오히려 상당한 우호 관계에 있었다.

이들의 대립은 어쩌면 종지부를 찍을 수도 있었다. 만약그 사건이 일어나지만 않았더라면.

대혈전의 단초를 제공한 것은 다름 아닌 결혼식이었다.

흑도 방파를 이끄는 흑룡회의 셋째 아들과 청성파의 여식이 사랑에 빠졌다.

그들의 사랑은 금세 무림의 화제가 되었으며 양 진영에서 혼사 이야기가 터져 나왔다.

"비록 양 진영이 정과 사로 갈렸다고는 하나 사랑에는 이러한 구분이 없습니다. 이번 기회를 통합의 장으로 만드는것이 어떻겠습니까?"

천하맹의 문주 백담천이 먼저 서신을 보냈고, 흑룡회에서는 이를 받아들였다.

전에 없는 놀라운 일이었다.

한 남녀의 사랑으로 인해 무림에는 영원한 평화가 드리울 것만 같았다.

하지만 정사 통합이라는 수많은 무림인의 꿈은 유리조각처럼 깨지고 말았다.

청성파에서 거행되던 결혼식이 깨졌다.

순식간에 식장은 선혈이 낭자했으며 시체가 산을 이루었다.

수많은 흑의인이 청성파에 쳐들어와 닥치는 대로 사람을 죽였다.

신부와 더불어 청성파는 그날로 멸문했다. 그 존재가 완전히 무림에서 지워진 것이다. 하나 거기엔 한 가지 더 중대한 문제가 있었다.

결혼식에 참여한 흑도 무리는 전원 무사했다는 점이다.

천하맹은 분노했다.

결혼식이 명백한 허울에 불과했음을 깨달은 것이다.

흑룡회의 목적은 결혼을 빙자하여 무림을 침공한 것이다. 그렇지 않고서는 청성파가 멸문지화를 당할 이유가 없었다.

천하맹은 명문 정파의 무사들을 모아 흑룡회로 쳐들어갔다.

이것이 바로 이십 년 전에 발생한 대혈전의 전모였다.

"혈귀 화룡천은 대혈전에서 두각을 나타난 무사입니다. 말 그대로 피를 부르는 귀신같은 마두였지요. 녀석은 혈귀

말고도 천살섬이라는 별호도 가지고 있습니다."

"천살섬이라고 하면……."

"그렇습니다. 무림 동도 천 명의 목숨을 앗아간 녀석이
죠. 거기엔 구파의 장로들과 장문인도 포함되어 있습니
다."

용문상의 말에 청월의 얼굴이 딱딱하게 굳었다.

그는 자신도 모르게 화룡천과 그를 상대하는 무사들을
상상하고 있었다. 만약 청월이 그 자리에 있었다면 어떻게
되었을까.

끔찍했다.

청월은 아마 그들의 죽음을 미리 볼 수 있었을 것이다.

천 명의 몸에는 새까만 죽음이 가득 찼을 것이고, 어쩌면
청월 자신의 몸에도 죽음이 차올랐을지도 모르겠다.

그는 망연자실해 어찌할 줄 몰랐을 것이다.

천 명의 죽음을 어떻게 감당해야 할 것인지…….

거기엔 동료가 있을 수도, 동료가 사랑하는 사람이 포함
됐을 수도 있다.

그들의 죽음을 무력하게 보고 있어야 하는 마음은 차마
상상조차 할 수 없었다.

두 주먹이 불끈 쥐어졌다.

역시 천하제일의 무사가 되지 않으면 안 됐다.

소중한 사람이 타인에게 죽는 꼴은 결코 보고 싶지 않았
다.

"그 사람은 어떤 무공을 써요?"

"그게 조금 특이합니다. 쌍검을 쓰지요."

"쌍검이요?"

청월이 놀라 물었다.

그는 문파에 있으면서 단 한 번도 쌍검을 쓰는 사람을 보
지 못했다.

또한 쌍검술에 대가가 있다는 이야기도 듣지 못했다.

그만큼 쌍검술은 무림에서 보기 드물었다.

그것은 수련하는 것이 보통 검술에 비해 몇 배로 힘들었
다. 그뿐만이 아니었다.

일정 경지에 이르지 않으면 오히려 한 자루 검을 쓰는 것
만 못한 단점이 있었다.

무사들 입장에선 굳이 쌍검술을 익히는 도박을 할 필요
가 없었다.

"일 검은 하늘을 가르고 이 검은 땅을 가르니 천하에 적
수가 없다. 이것이 오대천하맹주께서 그를 상대하고 하신
이야기입니다."

용문상의 말에 비무장에 무거운 침묵이 흘렀다.

"그럼 마지막으로 한 가지만 물을게요."

"네."

"만약에 화룡천 한 명하고 우리 신풍문의 무사들이 전부 싸우면 누가 이겨요?"

"화룡천이 이깁니다."

용문상은 한 치의 망설임도 두지 않았다.

그의 대답으로 가슴속에서 무언가 뜨거운 것이 치밀어 올랐다.

청월은 어느새 상상하고 있었다. 화룡천이 그의 소중한 사람들을 도륙하는 모습을.

"이제 슬슬 돌아가야겠습니다. 저녁 드셔야죠."

"…네."

청월은 용문상의 뒤를 쫓았다.

그는 자신도 모르게 화룡천의 이름을 중얼거리고 있었다.

                    *   *   *

그날 저녁.

청월은 저녁 식사를 끝내고 문파 내를 거닐었다. 하늘에는 넉넉한 보름달이 떴으며 반짝이는 별들이 곳곳에서 얼굴을 내밀었다.

바람이 쌀쌀했지만 외투가 두꺼워 춥진 않았다.

오늘은 여러모로 뜻 깊은 날이었다.

백호단주를 만나 처음으로 무공을 배웠으며 대혈전에 관한 이야기도 들을 수 있었다.

새로운 것들을 익히니 세상이 전혀 다르게 보였다.

청월은 달빛에 반짝이는 호수를 응시했다.

가야 할 길이 구만리다. 죽음을 극복하는 최고의 무사가 되는 길은 결코 녹록치 않을 것이다. 하지만 그렇다고 한숨을 쉬며 주저앉을 순 없었다.

또다시 무력하게 사람들을 떠나보내고 싶지도 않았다.

만청이와 할머니가 그랬던 것처럼.

생각에 잠긴 사이 덕구가 헐레벌떡 뛰어왔다. 그의 손에는 한 장의 서첩이 들려 있다.

"천천히 오지 왜 이렇게 뛰어와?"

"그냥 빨리 전달해 드리고 싶어서……."

덕구가 거친 숨을 내쉬었다.

청월은 서첩을 받아 들고 천천히 읽어 내려갔다. 서첩의 내용은 별것이 아니었다.

의방에서 일훈이 어떤 일을 했는지가 적힌 관찰 기록 같은 것이었다.

"우와! 오늘은 뜸을 뜨는 걸 배웠네. 게다가 온구도 직접

만든다고?"

청월은 혀를 찼다.

일훈의 의술은 하루가 다르게 발전하고 있었다.

만룡방이 그를 입이 닳게 칭찬했던 것이 이제는 이해가
갔다.

일훈은 뼛속까지 의술이 스며든 의원 체질인 것이다. 그
러니 배우는 속도도 남다를 수밖에 없었다.

"질 수는 없지."

청월은 서첩을 품에 넣고 병기구로 향했다. 병기구 입구
에는 두 명의 무사가 보초를 서고 있었다.

"안녕하십니까, 공자님?"

"늦은 시각에 이곳엔 웬일이십니까?"

무사들이 고개를 갸웃했다. 청월이 굳이 병기구를 찾을
까닭이 없었던 탓이다.

"다른 게 아니고, 나 목검 하나만 내줘요."

"목검이요?"

"이미 차고 계신데요?"

무사들은 혀를 찼다.

청월의 허리에는 이미 번듯이 한 자루의 목검이 자리하
고 있다. 부러지거나 휜 흔적도 없는 아주 깔끔한 목검이
말이다.

"그냥 주세요. 진검도 아니니까 상관없잖아요."

"그렇긴 한데……."

무사들은 시선을 주고받은 뒤 목검을 꺼내주었다.

"고생해요."

청월은 채가듯이 목검을 손에 쥐었다.

허리에 찬 목검까지 빼 들어 양손에 목검을 하나씩 들었다.

한 손으로 들던 목검을 따로 따로 드니 확실히 무거웠다. 검을 든 지 반각도 채 안 됐건만 팔이 부들부들 떨려왔다.

그래도 청월은 참았다.

이것도 수련의 일부이니까. 두 자루의 목검은 분명 그의 날개가 되어주리라.

"해보지 않으면 모르는 일이지. 안 그래?"

청월은 달을 보며 빙긋이 웃었다.

*   *   *

본격적인 수련이 시작되었다.

청월의 하루는 빠듯하기 그지없었다.

그는 매일 인시(寅時) 즈음에 일어났다.

잠자리를 정리하고 밖으로 나가면 늘 새벽 별이 그를 맞

아주었다. 공기는 차가웠으며 풀잎에는 맑은 이슬이 맺혀
있었다.

문파는 고요했으며 간혹 밤벌레가 울음을 토해냈다.

청월은 이 순간이 좋았다.

혼자 깨어서 새벽을 맞으면 마치 자신이 문파의 주인이
된 것 같은 기분이 들었다.

"힘내자, 힘."

청월은 볼을 두드린 후 가부좌를 틀었다.

지금부터 식사할 때까지 운기조식을 해야 했다.

운기의 중요성은 용문상이 누누이 말한 바, 청월은 이를
지키기 위해 새벽 시간을 택했다.

누구에게도 방해 받지 않고 온전히 자신만의 수련을 하
기 위함이었다.

"후우우우우!"

긴 호흡이 뿜어졌다.

들숨과 함께 자연 진기가 몸속으로 스며들었다. 진기는
주요 혈과 세맥을 돌며 기운을 전달했다.

'기분이 이상해.'

운기를 할 때면 항상 오묘한 느낌에 빠졌다.

운용하는 공력은 엄청났지만 기의 흐름 자체는 매우 유
순한 탓이다.

그 느낌을 표현하자면 할머니가 그를 꼬옥 안고 등을 쓸어주는 느낌이었다.

운기가 끝나면 본격적으로 검술 수련을 시작했다.

청월은 용문상에게 배운 초식들을 하나하나 체득했다.

휘이이이이익!

목검이 허공을 갈랐다.

목검은 허공을 가르고 또 갈랐다.

청월은 같은 동작을 수백 번씩 반복했다. 신풍문의 공자가 삼류무사도 하지 않을 수련을 하는 것이다. 이를 지켜보던 무사들은 하나같이 혀를 찼다.

기본기가 중요함은 어떤 무사라도 부정할 수 없었다.

하지만 기본기는 어디까지나 다음 단계를 위한 발판이다. 발판만 열심히 닦는다고 더 높은 곳을 볼 수 있는 건 아니었다.

"공자님, 제가 한 말씀드려도 될까요?"

무사 진철이 나섰다.

진철은 백호단의 실력자 중 한 명으로 그의 아래로 백 명의 수하가 있었다. 무공 실력이 결코 얕지 않았다.

"왜 그러는데?"

"주제넘게 생각하실 수도 있지만 말입니다. 공자님은 화풍검법의 사초식인 화풍난양만 두 달 넘게 반복하고 계십니다. 맞습니까?"

"그런데?"

"그게… 무공이란 것은 쭉쭉 앞으로 나가야 합니다. 기본적인 초식에 너무 매달리는 것은 좋지 않습니다."

진철의 말에 몇몇 무사가 고개를 끄덕였다.

개중에는 속이 시원하다는 표정인 이들도 있었다. 청월의 수련이 그만큼 답답해 보였던 것이다.

문파의 역사를 통틀어도 청월같이 수련을 한 이는 없었다.

진철의 말에 청월은 그저 씨익 웃었다. 그리고 두 개의 목검 중 하나를 진철에게 내밀었다.

"내 검격 막아볼래?"

"저는 일류무사입니다. 공자님의 오성이 뛰어난 것은 알지만… 지금의 실력으로는 절 감당할 수 없습니다."

"그건 두고 보면 알아. 우선 보여줄래, 네가 펼치는 화풍난양?"

"…알겠습니다."

진철은 진지한 모습으로 목검을 쥐었다.

오늘을 기회 삼아 공자에게 따끔한 가르침을 주리라.

그는 심호흡을 한 뒤 검을 가로로 뉘었다. 목검이 출수되면서 공기를 찢는 파공음이 터졌다. 그의 검격은 그야말로 가로 베기의 표본과 같았다.

"역시 진철 형님이시다!"

"우리 대장님 만세!"

지켜보던 무사 몇몇이 환호성을 터뜨렸다. 무사라면, 제대로 된 감식안이 있는 무사라면 알았을 것이다. 진철의 일검에 담긴 강력한 진동을.

"잘 보셨습니까?"

"응. 근데 아무리 생각해도 내 일검이 더 강할 것 같아."

청월이 아무렇지도 않게 말했다.

그의 한마디에 진철은 물론 주변 무사들은 혀를 차고 말았다.

그들은 모두 이렇게 생각했다.

공자가 아직 무공을 모르니 이런 말을 할 수 있는 것이라고. 반면 청월은 그런 시선들을 전혀 의식하지 않았다.

"이제 내 차례인가?"

기지개를 켠 뒤 목검을 쥐었다.

나른해 보이던 눈매에 어느새 예기가 서렸다. 그는 호흡을 가다듬으며 검격을 준비했다.

"……"

그의 준비동작에 무사들이 이목이 쏠렸다.

무공 실력이라면 문파의 삼 형제 중 둘째인 청호가 월등
했다.

그는 백호단주와 문주까지 인정한 무골이다. 진검을 들
기 시작한 뒤부터는 날개를 단 듯 일취월장했다.

그런데 이제 막 검을 든 공자는 무엇을 보여줄 수 있을
까. 형을 뛰어넘는 신위를 보여줄 수 있을까.

"간다."

청월이 검을 휘둘렀다.

그의 목검은 차분하게 진철의 옆구리를 베어갔다.

그것은 지극히 평범한 횡 베기였다.

이런 단순한 검격을 한 달이나 수련했다는 것이 안타까
울 정도로 말이다.

따아아아악!

목검과 목검이 마주치면서 맑은 소리가 울려 퍼졌다.

청월의 검이 간단히 막히자 무사들은 맥 빠진 표정이다.

혹시나 공자가 놀라운 무위로 진철을 제압하길 기대했
다. 하나 기대는 유리 조각처럼 산산조각 났다.

"……."

그중 진철만이 말이 없었다.

그의 눈은 어느새 토끼눈처럼 휘둥그레졌다.

다른 무사들은 몰라도 그만큼은 확실히 보았다. 청월의

초식에 담긴 무시무시한 위력을. 그의 검격은 단순했지만 또한 단순하지 않았다.

'분명 방금 전에…….'

진철은 보았다.

아니, 느꼈다. 청월의 검끝이 올라가면서 시원한 바람이 어깨너머로 불어왔음을.

그 뜻을 간단하게 풀면 이랬다.

공자가 마음만 먹었다면 가로 베기 자세에서 그의 어깨를 벨 수도 있었다. 만약 실전이었다면 꼼짝없이 팔을 잃었을지도 모른다.

"다음 단계로 넘어가는 게 중요한 게 아니에요. 가진 것을 확실하게 익히는 게 중요한 거죠."

청월은 무사들을 보며 말했다.

"그저 감탄만 나올 뿐입니다. 제 검과 공자님의 검이 달랐던 이유를 여쭈어도 되겠습니까?"

"바람."

청월이 똑 부러지게 말했다.

"네? 바람이라니요?"

진철은 당황했다.

예상과는 전혀 다른 답변이 튀어나왔다. 그는 검의 속도나 궤적을 문제 삼을 줄 알았다. 무사가 배워야 할 것은 응당 검에 대한 것이니 말이다.

"백호대장의 검에는 바람이 없어요."

청월은 한마디를 뱉고 다시 수련에 매진했다.

그 후 백호단의 그 누구도 청월의 수련법에 토를 달지 않았다.

해가 지면 청월은 늘 야산을 찾았다.

산 중턱에서 중점적으로 익힌 것은 신법이었다.

그는 신법을 익히는 방법도 다소 독특했다.

산에서 부는 바람에 맞춰 몸을 움직인 것이다. 바람이 강하게 불 때는 쾌하고 강맹한 속성의 신법을, 바람이 느슨할 때는 유려하고 화려한 신법을 밟았다.

그래서 청월의 신법은 말 그대로 바람이 되었다.

"이제 마지막이구나."

하산하기 직전 두 자루의 목검을 들었다.

하루의 끝을 정리하는 것은 늘 쌍검술이었다. 그는 양손에 검을 쥐고 하루 동안 익힌 것을 복습했다.

과연 쌍검술은 쉽지 않았다.

한 손으로는 완벽했던 초식도 두 손으로 펼치니 엉성하기 짝이 없었다.

손이 엉키고 발이 엉켰으며 머리까지 엉켜 모든 것이 엉망이 되었다.

하지만 청월은 포기하지 않았다.

그의 목표는 단순히 강한 무사가 아니라 죽음을 물리칠 수 있는 무림제일의 무사였으니까.

"다음번에는 놓치지 않을 거야, 만청아."

청월은 손을 뻗어 달을 움켜쥐었다. 손에 쥔 것은 없었지만 분명 그는 무언가 감촉을 느꼈다.

또 하루가 지나가고 있었다.

*　　　*　　　*

계절이 흘렀다.

산뜻한 봄바람은 금세 훅훅한 열기를 불러왔고, 무르익은 단풍이 지면서 새하얀 눈송이가 하늘을 가득 메웠다.

몇 번의 계절이 지났는지는 모르겠다.

시간은 무심하게 세상을 달렸고, 사람들은 그저 속절없이 그 등살에 떠밀려갈 뿐이다.

그렇게 세상이 변하고 청월이 변해갔다.

젖살이 통통했던 얼굴은 잘 조각된 미남자로 변모했고, 키도 훌쩍 커서 가족들을 내려다볼 정도가 되었다.

사지에 찼던 모래주머니는 점점 무거워졌고, 검은 갈수록 매서워졌다.

바람을 좇던 검은 바람이 되었고, 때로는 바람을 앞질렀다.

죽음에 쫓기던 작은 가슴도 이젠 죽음을 끌어안을 정도로 대담해졌다.

그렇게 소년은 청년이 되었다.

『불사지존』 2권에 계속…

노주일 新무협 장편 소설
FANTASTIC ORIENTAL HEROES

청어람이 발굴한 신인 「노주일」
그가 선사하는 즐거운 이야기!

내 나이 방년 스물셋. 대륙을 휘몰아치는 전쟁에서
간신히 살아남아 고향으로 돌아왔다.
사실 전쟁은 이미 이기고 지는 건 문제도 아니었다.
단지 전후 협상만이 탁상공론으로 오고 갔을 뿐.
하지만 전쟁터에서는 항시 사람이 죽어 나갔다.
이유도 알지 못한 채 그냥.
그러던 차에 전후 협상처리가 되고 나서 전역했다.
그리고는 곧장 뒤도 돌아보지 않고 고향으로!

『이포두』

내 가족과 내 친구가 있는 곳으로!

Book Publishing CHUNGEORAM

유행이 아닌 자유추구 -
WWW.chungeoram.com

허담 新무협판타지 소설

FANTASTIC ORIENTAL HEROES

수선경

작은 샘이 바다로 모여들 듯,
만류의 법이 하나로 회귀하듯,
다섯 개의 동경이 드디어 하나로 모인다.

검을 만드는 사람과
검을 쓰는 사람,
그리고 검을 버리는 사람의 이야기!

천명을 타고 태어난 **청풍**과 **강검산**
그리고 혈로를 걸어온 살수 **타유**,
그들이 다섯 줄기의 피의 숙명과 마주한다.

Book Publishing CHUNGEORAM

유행이 아닌 자유추구 -
WWW.chungeoram.com

장강삼협
長江三峽

조돈형 新무협 판타지 소설

『궁귀검신』, 『마도십병』, 『운룡쟁천』의
작가 조돈형
그가 장강의 사나이들과 함께 돌아왔다!

굽이쳐 흐르는 거대한 장강의 흐름 속에서
선혈처럼 피어나 유성처럼 지는 사내들의 향취!

장강삼협(長江三峽)!

하늘 아래 누구보다 올곧았던 아버지의 시신을 이끌고
고향으로 돌아온 유대웅을 기다리고 있던 것은
천오백 년의 시공을 뛰어넘은 패왕(霸王)의 무(武)와 검(劍)!

패왕칠검(霸王七劍)과 팔뢰진천(八雷振天)의 무위 아래
천하제일검(天下第一劍)으로 우뚝 설 한 소년의 일대기!

장강의 수류는 대륙을 가로질러
이윽고 역사가 된다!

Book Publishing CHUNGEORAM

유행이 아닌 자유추구 -
WWW.chungeoram.com

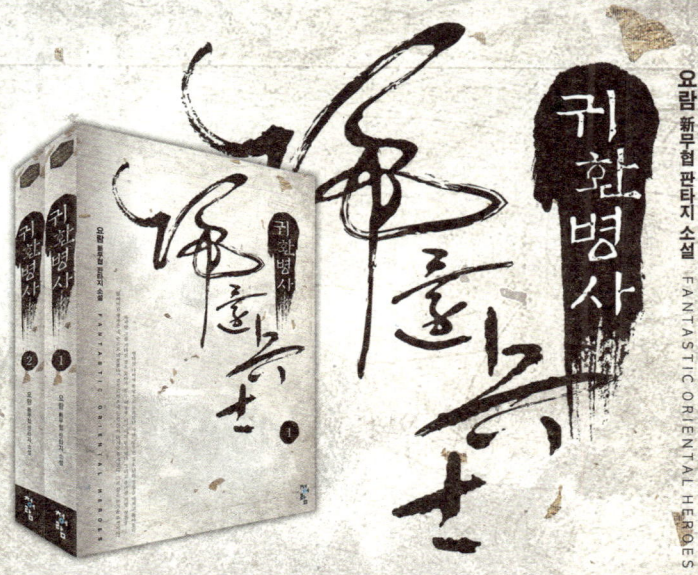